◆◆ 中国文学名家小小说精选丛书

追踪野狼谷

杨福久　著

南　昌

图书在版编目（CIP）数据

追踪野狼谷 / 杨福久著 . -- 南昌 : 江西高校出版社 , 2025. 6. -- (中国文学名家小小说精选丛书).

ISBN 978-7-5762-5604-8

Ⅰ . I247.82

中国国家版本馆 CIP 数据核字第 2024D9C526 号

责任编辑　汪军华
装帧设计　夏梓郡

出版发行　江西高校出版社
社　　址　江西省南昌市新建区工业二路 508 号
邮政编码　330100
总编室电话　0791-88504319
销售电话　0791-88505090
网　　址　www. juacp. com
印　　刷　鸿鹄（唐山）印务有限公司
经　　销　全国新华书店
开　　本　650 mm×920 mm　1/16
印　　张　13
字　　数　160 千字
版　　次　2025 年 6 月第 1 版
印　　次　2025 年 6 月第 1 次印刷
书　　号　ISBN 978-7-5762-5604-8
定　　价　58.00 元

赣版权登字 -07-2024-986

CONTENTS
目　录

001 / 遭遇三脚猫
012 / 买小米的老爷爷
015 / 抓爹
021 / 邂逅二鬼叔
027 / 瞎
030 / 清晨
033 / 老槐树上的精灵
039 / 追踪野狼谷
045 / 空楼幽灵
051 / 深夜，黄鼠狼来了
058 / 刺猬大逃亡
064 / 三次遇狼记
072 / 惊梦——东非野生动物大迁徙
080 / 空卷
086 / 戴上奖章的“十斤红”
097 / 火狐狸绑架了俺家头鹅
103 / 红眼耗子“光临”
109 / 拣来的黑虎
116 / 课堂上响起彩铃
122 / 爱鸟周里的掏鸟案
128 / 蛐蛐声声

134 / 书包里的猫头鹰

142 / 乌鸦来了

148 / 红衣班花

154 / 结对

160 / 班里来了紫衣侠

166 / 小院里发生了一场战争

171 / 戴口罩的红领巾

177 / 饭盒长大了

183 / 小十字路口

189 / 保密拥抱

195 / 追寻葡萄叶

遭遇三脚猫

天还没有亮起来的时候，我悄悄起来，轻轻推门出去给妈妈抱柴禾。

门像是给什么东西支撑住了似的，没有像往常那样顺利地一推就开，我便用了用力。

“请轻点儿嘛！”朦朦胧胧中门外传来朦朦胧胧的细微的声音，“这有人呢！”

声音过后，好像撤去了支撑，门开了。

这哪里是人啊？是只猫！朦朦胧胧中看出是一只黄色的猫。

“你就是刚才说话的‘人’？”我问猫。

“不可以吗？”猫抬头，朦朦胧胧中一双圆圆的大大的黄黄的眼睛注视着我，反问我，“你应当知道，动物很多时候是和人一样聪明的，甚至比人聪明和友善……”

圆圆的大大的黄黄的眼睛的黄猫！我惊喜起来：他正是自己两个月前暑假的一天在离家不远的狼猫山上遭遇的三脚猫！

那天下午，我做完了几道难题，心里高兴，便跑到了离家不远的狼猫山上。在一条羊肠小道的拐弯处，忽然看见一只黄猫，一条腿向上提着，三条腿交替在地上走着，自然是一瘸一拐的了。瘸猫！我想这一定是只被人遗弃的流浪猫，真可怜，还瘸着腿。于是，我向他快步追去。他一定是听到了我的脚步声，突然向道旁的一棵大杨树上爬去。我惊讶了，他爬得极快，几秒工夫到了树顶。我到了树下，仰望着他。他两只炯炯有神的圆圆的大大的黄黄的眼睛以极其戒备的眼神与我对视，一秒钟后，竟然说话了："你是谁？为什么追我？是不是受了谁的指使来继续迫害我？"我惊愕极了，猫怎么会说话呀？我得问问他："瘸猫，请告诉我谁迫害了你？""请不要叫我瘸猫！这称呼好像是贬义的，不礼貌！你可以叫我'三脚猫'！"我心里好笑，忙点头："好，三脚猫，我想和你成为好朋友……"他截住我的话："我现在真的不敢轻易地相信人的话了！"然后就在树梢上打起了秋千，边打边说："我到了锻炼的时候了，你若是愿意听我的故事就等一刻钟吧！"一刻钟，15 分钟呗！反正作业已经完成了，再说遭遇谁说话的猫，也算千载难逢吧？等待！等待常常是化解的一剂良药呢。他真的不再说话了，一会儿打秋千，一会儿玩单杠，一会儿练倒立。那熟练的动作和优美的姿势，让人看了是一种享受。一刻钟后，三脚猫见我仍然立在树下，眼神像是有所改变，有些和善地瞅瞅我讲了起来。原来，四个月前，他的主人买回了 6 条观赏鱼放在大鱼缸里养起来。鱼儿在水里游动着，挺好看的，他就时不时地在大鱼缸旁边看着。第二天，他看大鱼缸里少了一条鱼，正纳闷时，主人来了。"怎么剩下 5 条了？一定是你这馋猫偷吃了一条！”主人简直气疯了，抄起笤把一下子打断了他一条腿。他痛得脑袋直淌汗，忙躲到墙旮旯，竟发现了那条自己跳出大鱼缸的鱼，忙忍痛叼到主人跟前。可主人依然恶狠狠地说：“一定是你这馋猫叼出大鱼缸的……”说着，将他扔到了窗外。从此，他那被主人打瘸了的腿便不能着地了。但他想，流浪，也得活下去，生活嘛，生了就得活下去！他便练起了三条腿跑路和上树等本领来。我很喜欢动物，更同情他，便说想带他回自己家，他马上摇头：“我吃够了那主人不友善的苦头了，我现在不需要怜悯！你一个小学生，恐怕还不知道动物很多时候是和人一样聪明的，甚至比人聪明和友善……”他把这话重复了一遍，像是蕴含着什么……

“三脚猫，很高兴在我家门口又见到了你！”我说着，蹲下去，抚摸着他。

“不叫见到，是遭遇。”三脚猫纠正我的话，“在狼猫山是一次遭遇，这是又一次遭遇。”

我笑了：“看来，你的语文学问比我高多了！就算‘遭遇’……”

“是就是，不是算！”三脚猫很是认真。”

“是！”我说，“请就留在我家里吧！正好……”

三脚猫笑了，我是头一回看见他笑：“我知道你们家没有猫，现在又有不少老鼠……”

我忙截住他的话：“我不是要你来捉老鼠的……”

“哈，”三脚猫又笑，“我从我们第一次遭遇就知道你们小孩子天真友善，不像我那主人！所以，我想许多人还是友善的，所以我不能把我原来的主人的账记在别人的头上，所以我得为大多数人做些我力所能及的事情……”

三脚猫用这样的“所以”排比，我想笑而不能笑他。而且，我知道现在村子里确实是鼠患频发，我知道三脚猫一定知道这些情况才来的，我知道三脚猫做的事情一定是捕捉老鼠。

我笑了，自己怎么也用这样的排比呀！

三脚猫一定看出了我的心思，说：“别笑！你说用不用我来捕捉老鼠？”

我想，三脚猫现在的捕捉老鼠的本领一定比以前强许多许多倍的，因为他的奔跑和爬树的速度是亲眼看见的，这是他流浪后苦练的结果。

“嗯，”三脚猫见我没有马上回答，便一边回身一边说，“真是‘上赶子不是买卖’呀！”

三脚猫还会方言，“上赶子”在我们狼猫山一带就是主动的意思。我忙朝他跷起大拇指，嘴里说：“你真有知识！我用、用，我谢、谢！”

三脚猫转过身来：“你不要吹捧我！你得答应我一个条件！”

见我点头，三脚猫一只脚拍拍地面，很快跑过来一群怪模怪样的老鼠来！

我看错了吗？我忙揉揉双眼，真的是老鼠，怪模怪样的老鼠！又都是三条腿走路的“三脚鼠”！领着老鼠来捕捉老鼠？三脚猫有木有搞错？啊？我莫名惊诧到了万分。

“嘻嘻，”三脚猫瞅着我笑起来，“他们是老鼠，这是真的！但以为老鼠不能捕捉老鼠，那是假的！准确地说，是老鼠消灭老鼠是真的……"

我依然难解："三脚猫，请不要网语了！"我想，猫也会上网，天下之大无奇不有了！

"时间宝贵，偶不和你啰唆。"三脚猫极其认真地说，"他们是我消灭了一对大田鼠后发现的一窝刚会吃奶的小田鼠，当时我突发奇想，他们还没有做过坏事，不能被消灭啊！我好好驯化他们，使得他们成为消灭老鼠的能手，不是极好的事情吗？那过程的艰辛不用说了，很庆幸的是他们都给我驯化成功了，而且老鼠的繁殖能力极强，不久便有了一支队伍了……"

我半信半疑："三脚猫真是奇思奇想！"

"奇思奇想才会出奇迹。"三脚猫的道理极多，"你一定知道'堡垒是最容易从内部攻破的'吧？现在老鼠的'智商'也高了，人下的药和夹子几乎不怎么管用了。所以一定要'魔高一尺道高一丈'。我的这些'三脚鼠'——哎，你看出来了吧？他们不是给谁打瘸的，是我专门训练出来的。因为瘸狼是狼里最厉害的，瘸鼠是老鼠里最厉害的。哎，对了，不能这样称呼，应当称呼'三脚鼠'……"

说到这里，三脚猫轻轻地拍了三下地面，三脚鼠们便蹦蹦跳跳地很快无影无踪了。

"我得和你说说悄悄话，除了我们俩谁也不能听到。"三脚猫显得神秘兮兮。

听了三脚猫贴在我耳旁说的悄悄话，我笑了。

这天正好是星期天，我和村里的同学们、小伙伴们说了消灭老鼠的办法，先把粮食等能吃的东西包括水都保管好，叫老鼠们饿晕渴晕，或者互相残杀。而三脚猫的事儿一字不漏。

与三脚猫约定的一周后的一个夜晚，我十分留神地听着窗外的细微声响。当如水的月光洒满大地的时候，门外传来“啪啪啪”拍地的声音，我知道是三脚猫和他的三脚鼠来了。

我惊喜地推开门，哇——有一两百三脚鼠，一个个都背着个小口袋。

三脚猫悄悄地和我说：“小同学……”他这样叫我，“我们是第三次遭遇了，哈！”

然后小声问他带来的三脚鼠们：“记住怎么说怎么做了吧？”

“报告，”三脚鼠们齐声回答，“我们是外星鼠，特地带来食物和水拯救你们的。”

那声音只有我和三脚猫才听得到。

“每家去6只，出发！”三脚猫一声令下，三脚鼠们6只一组，同时分头行动起来。

我悄悄问三脚猫：“你那主人家也派了6只……”

三脚猫点头：“不能与他一般见识啊！他家的老鼠不消灭，老鼠还会卷土重来的嘛。”

“三脚猫真的虚怀若谷啊，学习了！”我说。

他瞪了我一眼：“不要拍马屁，要保密！他们带的鼠粮和水其实是……”

我窃笑，然后小声问三脚猫：“你这指挥官不用亲临一线呀？”

“喵喵……”三脚猫也小声回答我，“运、运什么，决、决什么了嘛！”

“运筹帷幄之中，决胜千里之外。”我告诉他。

“不错，”三脚猫笑了，“我就是想知道你语文学得如何，才这样考验一下你的。看来，你的语文学得不错！我知道，你是优秀生的，也知道有的优秀生的学习并不怎么好。什么原因，地球人都知道。我就想，学生就得学习好，猫就得抓鼠好……”

忽然，“嘟嘟，嘟嘟”响起，三脚猫忙从自己的口袋里掏出一个“纽扣”来，上面闪动着一个个小红灯。

三脚猫又“喵”地嫣然一笑：“我说运筹帷幄之中嘛！来，小同学，你也看看。”

三脚猫的食指一触“纽扣”的右上角，立即出现了一个笔记本大小的屏幕来。

“这是一组，0101 是组长，0102 是副组长，你看——”

我一看，0101 带领 0102—0106 从一家大门下顺利进入院中，0101 一挥手，0102 奔向粮仓，0103 奔向鸡架，0104 奔向牛棚，0105 奔向茅房，0106 奔向猪栏，0101 自己奔向仓库。大约 20 秒钟，都回到院中 0101 身边了，0101 指了指自己刚刚去过的仓库和 0102 去过的粮仓。然后，0101 轻轻碰了碰自己的口袋，一个绿点儿随即闪动在屏幕上 01 的数字上。

“明白吗？”三脚猫和我说，“一组侦查到了老鼠的洞口在仓库和粮仓，已经做好了准备，只等待统一行动的指令了。”

为什么要统一行动呀？三脚猫像看出了我的疑问，便说：“你应当知道‘知己知彼百战百胜’呀！老鼠，是很狡猾的，如果不统一行动，有的先动作了，先中毒的老鼠就会向老鼠们发出信息，其他老鼠就会警觉起来……”

我笑了。

“要严肃，这是战斗！”三脚猫俨然一大战役指挥官，“我规定了‘两个一刻钟’：前一刻钟是进入阵地……哎，小同学，你知道一刻钟吗？”

见我回答“一刻钟是15分钟”，他笑了：“不错！‘时时刻刻’嘛，有的人只知道‘时’是60分钟，而不知道‘刻’是多少了。哎，前一刻钟的第13分钟是投饵时间，到第15分钟完成；后一刻钟是老鼠中毒毙命的时间。这样，他们都中毒了，即使发出信息也没有用了。”

“那你的鼠粮里放了什么‘毒鼠强’‘三步倒’了吧？”

三脚猫瞅瞅我，摇头：“怎么会呢？现在要讲究环保啊！我当然是采用‘环保灭鼠’法了，我在狼猫山上找到了几种能够致使老鼠吃后在一刻钟内腹泻连肠子都拉出来的草药……”

我和三脚猫说话间，28组的绿点儿都先后在前一刻钟的第9分钟前闪动起来。

“嘀嘀！”忽然，第29组亮起了红点儿。

三脚猫看了，脸上掠过一片阴云。

“有情况了？”我问他。

“你看！”三脚猫触摸了一下“29”，屏幕上立即出现了“2901”和他的队员们，他们是最后一组，正围着那家封闭式的大院墙团团转，一个小洞儿也没有，怎么也进不去。

我看了下，那屏幕上的倒计时，还有 3 分 58 秒！

“啪啪啪！”三脚猫刚刚拍完，6 只三脚鼠疾步跑来。

背上有“yb01”标志的三脚鼠在三脚猫前站定：“请指示！”

三脚猫掏出又一枚小小的“纽扣”，指指“29”：“马上去，两分钟搞定！”

“是！”yb01 带领 yb02—yb06 竟然脚一点地飞了起来。

我惊喜道：“猫司令还有预备队哪！”

听我叫他“猫司令”，三脚猫白了我一眼：“我已经告诫你不要拍我马屁！嗯，你怎么知道他们是我的预备队？哦，是看见了他们背上的拼音字母了。看来你的拼音学得不错！”

“那你也不要拍我的马屁呀！”我回了他一句。

三脚猫笑了：“其实，诤友才是好朋友。”

“诤友”？三脚猫真的懂得不少，但我记着他的告诫，没有说出来，不拍他的马屁了。

“快看我的预备队吧！”三脚猫依然小声叫着，“他们可是个个身怀绝技的，所以‘攻无不克战无不胜’对他们来讲便不是神话！”

三脚猫不是言过其实，yb01 到了那“堡垒”似的院墙前，把三脚猫交给他的“纽扣”往墙旮旯一贴，几尺厚的水泥墙立即出现了一个圆圆的小洞，yb02 带着 yb03—yb06 闪电般地钻过洞去。与此同时，yb01 一个跟斗云翻到 10 余米的高空，迅即落入院中。

“鼠洞在花园里。”yb02—yb06 一致向 yb01 报告。

yb01 见院中的水泥地面无一破损，又用“纽扣”迅速晃了几晃，马上确定了花园里的3个鼠洞:“哼!还狡鼠三洞呢!我马上报告,你们抓紧投饵准备!”

三脚猫见“yb”闪起绿点儿,高兴地说:“提前了9秒!”

“9—8—7—6—5……”当“1”刚刚落音,三脚猫立即一触屏幕的“第二刻钟”。

只见各组两三只三脚鼠奔进一个鼠洞,往常设有哨兵的鼠洞现在早已畅通无阻。

“我们是外星鼠,特地带来食物和水拯救你们的。”饥渴得奄奄一息的老鼠们听到三脚鼠的话,一只只喜出望外,如见救星。他们见三脚鼠的怪模怪样,都说“外星鼠”和我们就是不一样,但都是老鼠,是救我们的好老鼠。

看见三脚鼠投饵顺利成功,三脚猫笑了:“我的计划成功了!”

我也笑了:“看来,最最致命的危险不是来自天敌,而是来自同类呀!”

“我不是说过‘堡垒是最容易从内部攻破’的吗?”三脚猫很自豪地说,“小同学,你看几分钟后的情形吧。”

三脚猫真的是鼠到功成,全村29家的鼠洞里的老鼠都在一刻钟内一命呜呼了。

“祝贺你,谢谢你!”我说,“我代表29户乡亲祝贺你,谢谢你!”

三脚猫摇头:“朋友不言谢!”

“那请你留在我家吧!”我说,“请答应我,好吗?”

三脚猫摇头:“狼猫山,狼猫山,狼猫山得有猫呀!流浪,有流浪的好处。你知道了吧？这叫辩证法。”

说得真好！遭遇三脚猫真好。当村子里的鼠患根除了好久，我依然为三脚猫保密。我们是朋友了，朋友得言而有信。

买小米的老爷爷

东方刚刚发白，小巷米店的小老板莲莲就推开了店门。

“闺女，麻烦你给我称两块钱小米。”一位白胡子老爷爷从台阶上边站起来边说。

莲莲一怔：在这小巷好几年了，没见过这老人呢！也是头一回遇见买两块钱米的！是老人钱不多？于是就和颜悦色地说：“老爷爷，您可以赊账的，多称几斤，省得来回跑。”

老爷爷摇头：“快开饭了，这就够了。谢谢闺女了！”

隔了三天，还是东方刚刚发白时，老爷爷又来买两块钱的小米。以后，缩短到两天一次。

莲莲觉得有些蹊跷：这么大岁数了，走道都有些颤颤巍巍的，为啥不一次多买点儿呢？想给老爷爷送到家里，他也不肯。

这天，莲莲老公开的店门，见老爷爷要买两块钱的小米，便有些不耐烦，小声嘀咕：“哪有这样买米的？”老爷爷听到了，缩回了递钱的手：“我等那闺女出来。”

来的都是客。莲莲告诫自己，一定童叟无欺，对老人更不能嫌麻烦。一天，她突然想起老爷爷买的小米是自己和家里人吃吗？便拐个弯儿问道：“老爷爷，今早儿吃什么饭啊？”“粳米粥和馒头啊。”

没有小米？每次来买都会说“快开饭了”，那小米去哪儿了？莲莲想着，趁早上没有别人来买米，就在后面跟着老爷爷。到了三岔路口儿，老爷爷回头瞅瞅，摇摇头，便往左走去了。莲莲依旧远远地跟着，直到老爷爷坐在一棵老槐树下不走了。忽然，莲莲的手机响起铃声，老公要她回去。莲莲只好返回，心里嘀咕，老爷爷可能发现被“跟踪”了，而拐上了不该走的路，真的有秘密啊！

两天后，莲莲再次跟踪。远远的、悄悄的，手机也没有带，还穿上了迷彩服。到了三岔路口，老爷爷又回头看了看，停了停，笑了笑，便向右边的路走去了。走到一片白杨树林子里，停了下来。又往后面看了看，才打开了米袋，学了几声鸟叫，然后大声叫着“开饭了，开饭了！”“喳喳喳喳，喳喳喳喳……”几群麻雀欢叫着飞落到老爷爷的身旁，吃着老爷爷放到树下的小米。旁边还放着几个盛了清水的敞口的塑料瓶。

谜底揭开了！莲莲心里暖暖的，好感动，好震撼。

又两天后，莲莲对老爷爷说：“您不用买小米了，有人送去了。”

老爷爷惊疑了下，马上说道：“闺女，是你！”

莲莲摇头：“一定是谁看见您这么大年岁了，怕您累倒的。”

“我退休这么多年了，刚刚搬到这小巷，遇见你好心闺女，不嫌麻烦，我很感动！其实我不只是为了麻雀，也是为了自己早上锻炼锻炼的。我没有别的事情，不像你天天要看店的。听爷爷的话，以后还是爷爷去！”

莲莲又摇头：“老爷爷，去的不是我，真的！”

老爷爷笑了：“哈，我那天都看见你了！”

抓　爹

“噼噼啪啪……”拴住正和自己刚上学的儿子在院子里放鞭炮，忽然一衣衫褴褛、蓬头垢面的老人跌跌撞撞推开大门进来了。

“要饭花子，过年了还来要呀？”拴住上前拦着。

“我是你爹！”

“大过年的跑来个要饭的爹！”拴住挺来气，“我爹早跑到海南去了，你敢……”

老人把长长的头发拢向两边，露出了不怎么干净的脸，大声说：“拴住，我真的是你爹！”

拴住愣住了，真的是他爹。

老人走进屋子，说：“把锁住叫来，看看你们兄弟俩谁养活爹？”

拴住朝媳妇使了个眼神，媳妇没和公公打声招呼便走出去了。

锁住来了，见爹这副样子，喊声“爹”，便把老人抱住了。

“哥，爹让你来，说看看我们谁养活他。”

“我养活。”锁住松开老人，又跑到外屋地舀了半盆水来给老人洗脸。

洗了脸，老人叫锁住坐在炕沿上，说：“你家里还不如你弟弟宽裕，你那瘫巴老丈爷还在你那里，你和你媳妇体格也不怎么壮实。我看这样，你们抓阄，谁抓着谁养活。”

“那——哥先抓，哥比我大。”拴住嗫嚅着。

老人点头：“好，我写阄了。”像是有了准备似的，很快掏出笔和纸写好了，“抓吧！”

锁住抓了，便打开，惊疑地问：“爹，怎么没有字呀？”

“没有字的是不用养活的。”

拴住愣了，心里嘀咕：那剩下的一定有字，一定是自己养活的了！于是，忙说：“应该都有字呀！就是‘养活’和‘不养活’就行的了。爹重写重抓，这回我先抓。”

“也好。”老人说着，很快写好了两个阄，用手团拢成球状，又放在手心里晃了晃，再放到炕席上。拴住看了看，手哆嗦着抓起来一个，又哆哆嗦嗦地打开了：“啊——”

老人叫道：“拿来，我看看。”

拴住只好把抓的阄递给了老人，老人笑道：“锁住不用抓了，拴住养活我了。”

“哎呀我的天呀——”拴住媳妇突然放大悲声，号啕起来。

锁住见状，拉着老人的衣袖：“爹，还是到我们家吧！”

“不！说好了嘛——谁抓到谁养活啊！”老人坐在炕上没有动。

“怎么了？大过年的！”随着话音，隔壁的大壮一脚迈进屋来，见到老人，忙跪倒便拜，“干爹，您啥时候回来的啊？干儿给您拜早年了！”

老人忙下地扶起大壮：“快起来，快起来！吃完年夜饭才拜年哪！哎，你爹还好吗？”

锁住忙一边和老人扶起大壮，一边说：“爹，大壮他爹我老病犯了，‘走’了两个月了。”

“我爹临终前还一个劲儿念叨您，和我说您回来的时候一定到我们家住些日子呢。”大壮眼圈红红，说，“现在您老就到我们家过年吧！”

“嗐，真是‘好人不长寿’。你爹咋‘走’这么早啊？待会儿，你领我到他的坟上看看吧！”老人说着，转身问拴住，“我去大壮家，你们有啥想法吗？”

拴住媳妇早已止住了号哭，用手指捅咕拴住，拴住忙“啊啊啊”起来。

锁住拉住老人：“爹，大过年的去人家那里，不好吧？”

“有什么不好的？”老人不高兴地说，“你们刚才‘抓爹’了，抓得拴住媳妇大哭，我还能够在这里吗？再说大壮是干儿子，也算儿子呀！走！”

大壮乐呵呵地扶着老人，说：“干爹说得对！那年我大病，若不是干爹输血，我不知道能不能活下来呢！我能够忘恩负义，不孝敬干爹吗？走，干爹！”

看着老人走出门去，拴住媳妇一下子抱住了拴住，伸出右手食指和中指，作个胜利状。

拴住推开媳妇，嗔怪道：“你让我娶了媳妇忘了爹！咱孩子都上学了，将来还不学咱儿！”

“那你要爹，就别要媳妇！”媳妇说着，一屁股坐到炕上，撅起嘴巴。

拴住正要去哄媳妇，儿子大宝跑进来了：“爹、妈，小亮刚才和我玩，说我爷爷回来了，让他爹领到他们家去了。还要在他们家过年，你们怎么不留爷爷呀？”

拴住媳妇上前抱住大宝，小声说：“儿子，你爷爷成了要饭花子了，破破的衣服，还脏兮兮的呢！”

“不，不是！”大宝叫道，“小亮说，他爹把自己的新衣服拿出来给爷爷换上，爷爷偏偏要给钱，他爹说啥不要，爷爷就说算是给小亮的压岁钱。小亮说有一沓呢！”

“你说的是真的？”拴住媳妇忙问大宝。

拴住“哦”了一声：“孩子不会说假话的。我、我明白了，一定是爹故意装成要饭花子来测试我们的，我们、我们都混蛋了！”

拴住媳妇也醒过腔来：“那、那怎么办呀？总不能让爹把钱都给了干儿子、干孙子呀！”

“嗐，我们去把爹请回来嘛！”

拴住和媳妇到了大壮的家，见老人一身崭新的新衣服，显得年轻了许多，便满脸堆笑，央求老人回到他们家来。老人自然没有答应，拴住和媳妇忙说，刚才“抓爹”的时候，是他们抓到了的，不能不回去呀！

老人白了拴住和他媳妇一眼，和大壮说道：“走，给你爹上坟去。”

拴住和媳妇灰溜溜地回到自己家，拴住媳妇忙叫过大宝，叫他“盯住”他爷爷，随时回来告诉她他爷爷做什么去了。然后告诉拴住说爹一定会回来的。

拴住摇头：“我知道爹的秉性，他不会回来的！”

“哼哼——”媳妇朝拴住扔过一句，“窝囊废！看本小娘子的！”

日落时分，拴住的大门被人敲响。拴住忙去开门，“呀！真的是爹！”他惊喜了，进来的是那老人、他的爹。

“爹，您、您怎么回来的啊？听说您离开咱堡子了。”

“问你媳妇去！”老人很生气，然后冲门外叫道，“请进来吧！”

两名警察进来了，对拴住说：“你是这老人的儿子吧？叫你媳妇出来。是她叫了两个亲戚冒充便衣警察抓回了你爹。所以，她涉嫌非法拘禁和诈骗……”

“抓爹？”拴住的脑袋顿时“嗡”地响了起来。

“请你媳妇到所里去做做笔录，”一警察说，“她的那两个亲戚已经在那里了。”

“哈哈，你们咋这样哪？先是抓阄‘抓’爹，后又找人抓爹。”另一警察说，“年轻人，得好好给你们补补法制课和道德课了！”

就在警察带拴住媳妇往外走的时候，一辆轿车开到拴住家门前停了下来，车上两个人抬着大米和白面等年货下来，说是公司老板送给他们公司值班老人的儿子的。

老人忙叫人叫来锁住和大壮，叫他们接回了东西。然后坐上了轿车。

轿车司机叫过拴住，笑着说："想不到你爹略施小计，你们就原形毕露了！嗐！谁没有父母啊？谁没有老的一天啊？好好想想吧！"

看着这一幕幕，拴住的脸红到了脖子根……

邂逅二鬼叔

小汽车驶下了不太宽的县级公路，拐向了“村级乡道”，便不时地颠儿颠儿地跳起了舞。

“领导，这是去您老家吗？啥道呀？”司机小韦紧紧握着方向盘，忙乱地左左右右地调整着，“这车怎么开，也是‘舞步’。不好意思，颠着您了。”

我笑笑：“这有什么呀？若是早年，我得自己步量呢！那年考上初中，就一直量了两年多，后来上了师范放假回来还是步量。不过，步量可不这么颠儿的。小韦，若不是这样的道，还没有这次回老家的机会呢。”

小韦也笑了：“这一颠儿，倒叫俺知道了扶贫的意义了，看来，市里真很重视扶贫啊！也真应当抓好扶贫啊！这里的乡亲会感谢您的，领导！”

我板起脸儿：“小韦，再说一遍，别这样叫我，特别是到了村里！我充其量就是一个科长，算什么领导？再说了，这次准备改这条村路为乡路，是因为村书记给市里写了信的缘故。”

“遵命！”小韦调皮地做了个鬼脸，不再说什么了。

小汽车爬上了一个长长的弯弯的坡，又拐弯的时候，看见了一个拄着棍子、背着一个口袋的老人，腿有点儿跛，挺艰难地一步一步地往坡上走着。

“小韦，请停下，把这老人捎上。”

小韦停下了车，我下车走到老人跟前：“老人家……”

那老人抬起头来，我愣住了，是“二鬼子”？是他！虽然不见了当年的红脸膛，腰也弯了，背也驼了，十几年前那坐在车儿板上“长鞭儿一甩啪啪地响”的英姿荡然无存，两眼也发锈了，但细瞅真的是他。

岁月真会捉弄人。十几年工夫就把一个健壮的中年人雕刻成这样！那瞬间，我心里五味杂陈，但还是脱口说道：“二……”我忙咽下我们的两个字，改叫：“这位叔，上车。”

他开始像是没有认出我来，迟疑了一下，又用那粗糙的右手揉了下眼睛，眯起来瞅瞅我。

“你、你是下屯老王家的大小子吧？”他好像认出了我。

我怕他不上车，便摇了摇头：“我不是这里的人。请您上车吧！到您家的时候吱一声。”

“哦，”他又迟疑，拍了拍身上的灰尘，“这怎么好？”

我忙说：“车上有地方，捎个脚方便。别客气了，您老。”

我接过他的口袋，小韦也下了车，扶着他上了车。

他很感动，刚刚坐下，便说：“你们一定是上面的大官，好人哪！好人有好报啊！我还是头一回坐这小轿车呢。以前也尽坐车了，可那是马车，当了多年的车老板子。”

小韦笑着说：“哈，我俩是同行啊！可我们不是大官。”然后指指我，“他连领导都不是。”

我没有说什么，小韦有记性了。

二鬼叔手里捏着那棍棍儿，说道：“你们帮人就是行善积德，一定能够当大官的。这叫善有善报，恶……”

小韦见他没有说出“恶有恶报”来，觉得他的话没有说完，便问：“这位叔，您的腿？”

“嗐！”他回答说，“不怕你们笑话啊！是十来年前翻车轧的。这前面有座大岭，本来叫‘平安岭’的，可就是不平安，不少车在那里翻过。那年，我赶的马车下岭时车闸不知道怎么就不好使了，马也毛了，车就翻进沟里了……屯子里有人说这是一劫，是报应。我、我……”

他说的挺实在的，一定是翻车致残有了悔悟的缘故吧。原来，他在上下屯子里的名声真的不怎么好，乡亲们都叫他“二鬼子”，有时候还把他的姓捎上，叫他“晁二鬼子”。尽管他没有当过真二鬼子，但他为人一直不怎么好，不肯帮助别人，有时候还有些奸猾，好算计别人，占人家的便宜。俺家东院的同学的老爹就告诉我们小孩子，离“二鬼子”远点儿。

小汽车爬过了平安岭，头一个屯子的屯头就是二鬼子的家，他下了车，还说了声“谢谢”。

“这人挺有意思的，”小韦问我了，“我怎么觉得您认识他，却说不是这里的人哪？”

我像是条件反射，原本不怎么疼痛的腰部竟然隐隐作痛起来。我直直腰板，反问道：“若是说了，他还会上车吗？”接着把10年前的那件事告诉了小韦。

那是我在500里地外读师范放寒假回家发生的一件事：那个时候，老家这个县就是出了名的贫困县，老家这儿虽是县里的先进村，但地处高寒山区，山高坡多道路崎岖，还有一道弯弯曲曲的大岭，就是刚刚过来的平安岭，出行难也是出了名的。70年代中期还不通公共汽车，去县城要跑12里土路到邻乡坐一天只有一趟的十几个座的小客车。那年寒假回到县城已经过了晌午，回这里没有车了，同学留我住了一宿，第二天坐唯一的小客车到离家还有12里路的小镇。数九寒天，凛冽的北风像刀子一样刮的脸生疼，手脚也早就有些麻木了。路上是几寸厚的积雪，踩上去“吱吱呀呀”地响着，那声音也透出几分严寒。那条原本喧闹的街上只有稀稀拉拉几个人缩脖端腔急匆匆地走着，一人嘴上一个冒着白气的小烟囱，一定都想从那零下30多摄氏度的严寒中尽快逃离。我背起沉重的行李，搓搓手，哈哈气，向家的方向走去。离街尾很远的时候，看见了哪儿停着一辆马车，车头朝着家的方向。我很高兴，像在困苦中遇见了救星，忙奔了过去。到了近前，更高兴了，车老板儿是下屯的人称“二鬼子”，车上只有十几个空麻袋，他正抱着赶车的大鞭子，两只手缩在棉袄袖子里，不时地回头望望，像是等着谁。我很恭敬地问了声“二叔好”，在家小时候我也从来不叫他“二鬼子叔”，因为爹告诉过那“二鬼子”是外号，小孩子不能叫大人的外号。他瞅瞅我，又瞅瞅我背的大行李，没有说话。我想几年不见，他可能不认识我了，便来番简短的自我介绍，然后说："二叔，请捎个脚，行吗？"他终于张开了嘴巴，我想一定是说"行的"，便动手解行李背带。"不行！"我惊呆了，这两个字，他说得斩钉截铁！我只好说"只拉下我的行李就行，我在地上走"，可他依然是两个字："不行！"我万万没有想到，他真的是"二鬼子"呀！我记起爹的"出门在外，一定要靠自己"的话来，把行李背带紧紧，头也不回地走了。走出一里多地，这"二鬼叔""啪啪"甩着大鞭子，赶着马车跑过来了，车上还坐着一个抱着花头巾的人。他也一定想赶快到家坐上热炕头暖和暖和的。我给他让了路，站在了道边儿。他没有减慢车的速度，也没有说一句话，瞅着我诡秘地咧咧露出黄牙的嘴，然后"啪"的一声鞭响，马车飞驰而过。我望车兴叹，负重前行。渐渐地走得一身汗，头上也冒出了热气。我不觉得冷了！我不再怨恨二鬼子了，若是他让我坐了车，怎么会如此累并快乐着？有失有得啊！有得也有失！12里路，终于到了家，见到了爹和妈，还有弟弟妹妹，心里高兴极了，我解开了行李，一身的轻松和快乐。因为身上大汗，我又脱去了外衣……

"散汗了，受风寒了？"聪明的小韦说，"这笔账应当记在二鬼子身上。可您真大度啊！"

我摇头："没有想到，当年力壮如牛的人竟然变成残疾人了！怎么可以记恨他啊？哎，小韦，你摄影技艺好，帮我拍拍图片，把这回的任务完成好！"

“遵命！”小韦认真地回答我。

我和小韦在老家待了两天，快走的时候，又邂逅了二鬼叔，他拄着那拐棍、背着口袋来找我……

瞎

刚刚退休仨月的被敬老院老人们叫作“王兄弟”的老王，一大早儿就高高兴兴地骑着自行车，向坐落在城郊的敬老院赶去。

快出城的马路上，人和车都不多。老王到了拐弯的时候，依然提前伸出左手打了个左拐的手势，然后减低速度，拐了过去。

“你瞎呀？”忽然后面一台轿车风驰电掣地赶了下来，剃着光头的司机，将头伸出车窗，声嘶力竭地大骂道。

已经拐过马路的老王大吃一惊，这司机在骂谁哪？他下了自行车，也没有别人呀！

“你瞎呀？”司机减速，朝老王又是恶狠狠的一句。

老王见司机也就四十出头的样子，一脸的横肉，车也埋埋汰汰的。

“小兄弟，骂我吗？”老王也像敬老院老人那样称光头“兄弟”了。

光头依旧怒气冲冲：“不骂你骂谁？瞎呀？”

老王心想，遇见不可理喻的人了！没必要和这种人讲道理呀。

便也不生气，扭头便走。

“怎么了，王兄弟？”老王扭头的当儿，一敬老院的老人到了跟前，“是不是那个光头骂你了？混蛋，敢骂王兄弟！”

老王见老人直奔光头而去，忙赶上几步拉住他：“不是的，我们走我们的吧！您看，我给您带来了什么？”

“竟敢骂王兄弟，我看他才瞎呢！”老人依然愤愤不平。

光头司机见了，忙缩回光头，一踩油门，慌慌张张地跑了。

“嗐！孩子非要我在家住几天，若不王兄弟就不用拐过来了。”老人接过老王捎来的两本书，很感谢地说，“又麻烦王兄弟了！”

老王笑笑:“这有什么麻烦的呀？自行车一蹬一会儿就到了。”

辞别了老人，老王又拐回了马路。

城郊的路上依然车马稀少。老王加速。大约跑出两公里，忽见前方一台轿车撞在路旁的大杨树上。

老王紧蹬几下自行车到了近前，不觉又大吃一惊：这埋埋汰汰的车不是刚才……

“救救我，救救我，救……”手机卡在驾驶室里，风挡上血迹斑斑。

正是光头！

“我的眼睛，我的眼睛……”光头一脸血，绝望地呻吟着，“怎么？瞎……”

想着刚才“你瞎了”的吼叫，老王开始心里真的不是滋味。

“我听见来人了，”光头呼救，“好人，救救我，救救……”

老王迟疑片刻，上前拉拉车门，纹丝不动。周围也没有一个人一台车。只有报警了。

“喂——110！”“喂——120！”老王很快打出了两个救命的电话。

“救命恩人，您、您是……”光头眼睛看不见了，耳朵好使，“我对不起您！不是您瞎，是我瞎呀！求您留个尊姓大名吧……”

老王没有说话，当 110 和 120 把光头救出，便骑上自行车，向敬老院赶去……

◀清 晨

北方的冬天天亮得晚，快要亮的清晨时分极冷。

黑小云把身上的旧棉衣使劲儿裹了裹，把书包背带紧了紧，急匆匆地往学校赶去。这路从上初一开始，快走两年了，熟极了。于是，在天很冷的时候，她索性闭起眼睛走也不会走到马路牙子上去的。今儿个她又是这样走起来，可忽然脚下有个什么东西绊了她一下，她停下来睁开眼睛，在远远的路灯光下朦朦胧胧看到了一个东西，低下头才模模糊糊看出像手机.

黑小云拾了起来，真的是手机，一部很新的很时尚的手机。

黑小云顿时惊喜了：苍天有眼，赐给我的？！

惊喜之余，昨天课间那一幕很快地出现在她的眼前：班里几位女同学和邻班的一个穿着入时的女生在一起嘻嘻哈哈地玩手机，“嘻嘻——我的是最新款的，像素500万哪！”“哈哈——那还多啊？我的手机是世界‘十大名牌’之一，像素800万！”“哎哎——看我的呀！还有录音的功能哪！”邻班的女生乜斜了她们一眼，有些嗲声嗲气地说：“诶诶——你们别‘关公面前耍大刀’了！我的——是舅舅刚从纽约带回来的，真正的进口货……”黑小云自己什么手机也没有，只是看过老师的旧手机，只知道怎么开怎么关。什么高级的中级的低级的通通的不清楚，不清楚的东西就想看看，所以就走近了她们。那邻班女生把自己的手机背在了身后，声音有些怪怪的："你、你有手机吗？"见黑小云摇头，就讥笑起来："现在小学生都有呀！你怎么没有？你没有，那、那还有什么脸面看别人的哪！啊？哈哈——"

黑小云想起这事儿，心里像打翻了五味瓶，很是生气——她有几个臭钱也不该财大气粗，瞧不起别人啊！何况自己也没有招惹她呀！此时，她握着刚刚拣来的手机，倒有了几分欣慰：这个很新的很时尚的手机说不定就比那邻班女生的手机高级呢！看她还敢瞧不起我吗！

心里一高兴，就不觉得那么冷了。黑小云哼着"咱们老百姓，今儿个真高兴"，蹦跳着向学校赶去。忽然，她停了下来，自言自语起来："这怎么行啊？丢手机的人一定十分焦急的，自己怎么能把这手机留下来哪？得快快把它还给人家！"

于是，黑小云转过身来往回走。她想丢手机的人一定是从这里经过的时候不小心把手机丢在这里的，当然会回来找的，自己若是离开这里，人家怎么找啊？

黑小云走到了拾到手机的地方，就在那里等起来。等啊等，东方发白了，也没有人来找。天气很冷，她就在马路旁跺着双脚，双手不时地贴着嘴边哈着气，她头上的红毛线织成的帽子结了一层雪白的霜。东方出现了曙光，丢手机的人也没有来。

黑小云着急了：再不来，自己就会迟到了！

"怎么办啊？"黑小云看着手里的手机处于关机的状态，忽然想起，把手机打开，丢手机的人一定会打来电话的，那样不就找到失主了吗？！再说，这样也就不用在路上硬等了。

黑小云像刚出家门那样，把身上的旧棉衣使劲儿裹了裹，把书包背带紧了紧，急匆匆地往学校赶去。快到学校大门口的时候，她手里的手机响了，传来女声："我是樊冰冰……"

黑小云等在校门口。忽听后面传来急促的惊喜的声音："您好！是您捡到了我的手机吗？"

"你？！"黑小云回过头来，和樊冰冰一样，都相视一怔，"怎么是你？！"

黑小云又想起了昨天的事情，但她见樊冰冰的脸像火烧云似的，就很平静地问："你就是范冰冰？""我、我是樊冰冰，不是明星范冰冰。昨天、昨天，我真对不起您啊！您走后，她们告诉我您是班里最贫困的农民工子女，但也是班里最优秀的学生。我得好好向您学习啊！"说着，就给黑小云深深地鞠起躬来，又把早上遗失手机的经过说了一遍。

樊冰冰如此这般，黑小云反而觉得不好意思了，忙扶起樊冰冰，把手机递给她。

"我特感谢！这也是舅舅给我的，请收下！"樊冰冰说着掏出几张美圆往黑小云手里塞。

"这、这是干什么？"黑小云推开樊冰冰的手，转过身向教室跑去。她头上的红毛线帽子在清晨的阳光下更红了，像一团火向前飘去，映照得樊冰冰一脸红云……

老槐树上的精灵

弯弯的月牙儿被涌起的浓云一下子遮掩得严严实实，通向山边的小路立时模模糊糊起来。我摸索着向前走着，向前望着，只见那棵站在山脚的老槐树像一把黑黑的巨伞，耸立在那里，又像一个巨大的魔怪在张大着嘴巴……

看着想着，突然间记起村里老人讲过的老槐树的神奇传说，我立即浑身激灵起来，一种莫名的惊骇袭上心来。我下意识地停下了脚步，不再想那些吓人的故事，可是越不想想，却越像有谁在耳边大声地讲着：这是一棵当年闯关东的老人栽的至今已有三四百年的老槐树，你看见它身上的那道锯痕了吗？一百年前，一外地人想锯倒老槐树盖房子，当地人劝说他他不听，刚拉了一锯，老槐树就流出了红红的“眼泪”来。“树神流血了！”那人一见，吓得屁滚尿流，扔下锯子，逃到家里得了怪病，疯疯癫癫地大叫：“天灵灵地灵灵，我是树神灵……”叫罢，一命呜呼了。于是，人们争相传颂说老槐树是“树神”，老槐树上住着好多神灵……

妈妈早就告诉我说，老槐树惩罚坏人，可对好人可好了，对好人是有求必应的呢。所以，当我准备中考的时候，妈妈便叫我早晨到老槐树下复习功课，说她求过老槐树了，老槐树会保佑的。一连好多天，我都是天亮的时候来到老槐树下的，那里很静，空气很清新，复习的效果真的很好。可今天自己醒得早了，出来得早了，月牙儿也没了……其实，不是老槐树在吓唬我，是我在吓唬自己，老槐树的树心是暗红的，锯出来的沫儿自然是红的了。想到这里，我不再惊骇，迈开大步向前走去。

“哒哒哒哒——”离老槐树二三十米远的时候，我被老槐树上传来的声音惊住了。

“谁在老槐树上？”我想，莫非老槐树上真有什么精灵？

这时候，月牙儿从乌云里钻了出来，把微弱的光儿洒向了老槐树。

“哦，是大松鼠！”我看清了，一只黑黑的大松鼠伏在老槐树那粗大的树干上面，两只前爪在交替着，“哒哒哒哒哒哒”地拍打着树干。

“这小精灵，你不怕别人发现你来捉你吗？”我心里嘀咕一句。

“哒哒哒哒——”大松鼠继续拍打着老槐树的树干。

我离老槐树越来越近，那大松鼠也看见了我，仍然这样拍打着，我觉得奇怪和不解了。当我把目光下移，又惊住了：大松鼠下面不到两米远的树干上趴着一只大花猫！

哦——大花猫在把大松鼠当成老鼠了，要捉它，把它撵到老槐树上了。大松鼠拍打老槐树树干，是想告诉大花猫自己不是老鼠吗？是想吓退大花猫吗？还是发出求救的信号哪？

这时候，天终于亮了起来。大花猫也发现了我，两只黄黄的大眼睛盯了我几眼，仿佛告诉我，它在捉老鼠，你不要多管闲事！

我乐了：这不是小叔家里小婶养的“花花”吗？平时我去小叔家里，“花花”总是“喵喵”地叫着跑到我跟前和我玩耍。可今儿个它像不认识我似的，又把目光瞄向了大松鼠，腰开始弓了起来。我知道不好——“花花”要发起进攻了，猫在进攻前都是这样子的！

“花花！”我大叫道，“你下来！它是大松鼠，不是老鼠，不要捉它！”

“花花”听我一叫，回过头来，但腰还是弓着的。若是平时，它早就跑到我跟前来了。

“哒哒哒哒——”大松鼠见“花花”没有退却的迹象，又拍打着老槐树的树干。

我知道“花花”没有听明白我的话，它是“捉鼠心切”，认准大松鼠就是老鼠了。它捉鼠的本事相当了得，村里的老鼠都给它赶尽杀绝了，又跑到这山边来了。

“哒哒哒哒——”大松鼠一双亮亮的眼睛也盯向了我，好像在质问我为什么不快救它。

我不再犹豫了，忙从老槐树下拾起一根树棍儿，冲着大花猫叫道：“花花，下来！再不下来，我打你了！花花，我们要保护动物嘛！”

大花猫见我手里的树棍儿，知道不下来不行了，便很不情愿地松开四爪，从老槐树上一跃而下。然后冲我“喵”地大叫一声，好像说“我也是动物呀”，便朝家里的方向跑去了。

大松鼠见大花猫跑得远远的了，才从老槐树上跳了下来。

“大松鼠，你不是住在大松树上吗？”我见大松鼠没有立即跑开，便说，“你回家吧！”

大松鼠像是听明白了我的话，两条后腿站立着，两条前腿，不是两只小手抱在一起，朝我作起揖来。然后向山上的一棵大松树飞快跑去。这时候，我才注意到，老槐树的周围没有什么树木，否则大松鼠早就在树上摆脱大花猫的追击了。

天大亮了，我坐在老槐树下专心致志地看起书来。

忽然，我觉得毛茸茸的东西在我的脚面上蠕动。我一惊，放下书本：“呀——是大松鼠！”

只见大松鼠的小手里捧着两颗红红的大花生米，用它那毛茸茸的大尾巴触动着我的脚。

“大松鼠，你、你留着自己吃吧！”我说完，又看起书来。

等到该回家上学的时候，我站起来，发现那两颗花生米整齐地摆在地上。

“大松鼠爱吃花生米。”妈妈也这么说。从此，我每天去大槐树下，总带一些花生米去。

一天，还没有走到老槐树下，就听见了“哒哒哒哒”的响声，我愣了：“大花猫又来捉大松鼠了？”我边想边忙跑过去，不见大花猫，只见大松鼠一跃而下，竟然落在我的肩上。我把花生米拿出来，大松鼠用它的嘴连续吞下七八颗，就爬到老槐树上，我一看，它把花生米放进老槐树侧枝的树洞里了。我知道，大松鼠在储粮，这山里的小精灵总是有着忧患意识，从不把能吃的东西一下子吃掉的。我明白了，大松鼠把它的家搬到老槐树上了！可大松鼠为什么把自己的家搬到老槐树上哪？人不都是“故土难离”的吗？难道大松鼠忘记了它在老槐树上遇险的了吗？

又一天，家里的花生米没有了，我去小叔家去拿，正好看见大花猫趴在窗台上。“花花，来！”花花睁开惺忪的双眼，见是我，又闭上了。我苦笑道，“花花记仇了！”小婶听我说了花花在老槐树上想捉大松鼠的事儿，笑道：怪不得，花花好几天闷闷不乐呢！我知道花花爱吃鱼，忙跑到河里捉了几条泥鳅来，花花才和我重归于好了。我心里暗笑：原来小动物也很有思想的啊！花花吃了鱼，眼光变得和善了。我和它说，以后不要再去老槐树那捉大松鼠了，因为它不是老鼠啊！后来，小叔小婶告诉我，花花会自己捉鱼了！

不久，老槐树开出了洁白芳香的花来，香得沁人肺腑。再不久，老槐树浓绿的叶子遮天蔽日，老槐树便像一把巨大的绿伞，下了雨也落不到头上来。那天早上，下了雨。大松鼠从树洞里钻出来，跳到我的肩上，把它的尾巴弯上去，“给我遮雨哪？！”我笑了，“小精灵！”

不知道怎么回事儿？这个夏天雨来得早而且勤，几乎天天早上都下一阵子。我因为习惯了在老槐树下看书复习，便坚持着天天去老槐树下，大松鼠也天天把自己的尾巴给我做伞。可它总是老老实实的，好像知道不应当打扰我复习功课似的。

有天夜里下了大雨，早上我又去了老槐树下。我正在认真看着书，忽然大松鼠从老槐树上飞落到我的肩上，一反常态，小手抓着我的衣领，身子往一边用力拽我。

“别闹，大松鼠。”我用手拨动大松鼠的小手，“现在没有下雨，你回你自己的家里吧！”

可是，大松鼠不听我的话，继续用力向一边拽我，一只小手还像拍打老槐树的树干那样拍打我的肩来。“哒哒哒哒——”我蓦地明白了，大松鼠有什么危险了？是大花猫来了？我忙四下张望，当向上看见山上的小树像是滑动的样子，我立即大惊起来：泥石流？！

说时迟那时快。我立即向老槐树的右侧十几米远的岩石上飞奔过去。就在我的脚刚刚踏上岩石，老槐树下的泥土都在瞬间滑动到山下去了！

“好危险啊！”我惊魂未定，抚摸着肩上的大松鼠，“谢谢你啊，老槐树的小精灵！”

此时，大松鼠安静极了，小手放在我的手里，像是和我握手似的……

追踪野狼谷

晚霞把小山村西南面的野狼峰染映得一片血红。

“今儿个日头落山咋这个颜色呢？”阚勇的妈妈自言自语着，打开猪圈的木门，等着家里的老母猪黑花回来，黑花的晚饭野菜煮苞米面已经倒进猪食槽里了，每天她都是这样的。

“圈猪啦！圈——猪——啦！”猪倌马老伯那熟悉的喊声一进村就传遍小村子了。

阚勇的妈妈忙把家里的大门打开，迎了出去。不一会儿，马老伯显得慌慌张张地赶到阚勇的家门口，见阚勇的妈妈便差了声地叫道：“他婶子，黑花丢了！我找了小半天也没有找到。嗐，我真的是老了没用了！”说着，自己的手朝自己那爬满皱纹的脸扇去。

“黑花丢了？”阚勇的妈妈一下子愣在大门口，直到看见马老伯扇自己的嘴巴子，才冷丁醒过神来，忙上前拉住了马老伯的手，说：“大哥，您别这样！黑花丢了，也不是您特意的。再说，兴许一会儿它就会自己回来的呢。您、您快回去歇着吧！啊！”

天色黑了下来，院子里响起了自行车的铃声。阚勇的妈妈知道是儿子阚勇放学回来了。

“妈妈，妈妈！”阚勇见屋子里没有亮灯，便叫起来。

“勇儿，妈妈在屋子里哪。”

阚勇进屋打开了灯，见妈妈和往常不一样，脸上有刚刚擦过的泪痕，便追问妈妈怎么了。

“勇儿，吃饭吧！”妈妈给他盛了饭，说，“跑10多里山路，早饿了。吃完了再告诉你！”

阚勇狼吞虎咽，不一会儿便把两碗饭扒拉到肚子里了，便忙问妈妈到底怎么了。

“黑花丢了？”听妈妈一说，阚勇急了，这黑花是家里的大“功臣”呢，自己从小学到中学的好多学费是黑花赚的呢！他忙问：“妈妈，黑花在哪儿丢的啊？”

“呀，我忘问你马伯伯了。”妈妈回答，“当时我光着急了，嗐！”

“妈妈，您别急！我去问问马伯伯。”

阚勇跑到马伯伯家，见他低着头闷烟哪。便说：“伯伯别急，告诉我黑花丢在哪就行了。”

老人见是阚勇，知道这个他从小摸着头顶长大的“初生牛犊”的脾气，身大力大胆大，总有一股不服输的犟劲。刚上初中报到时，一老师看了他的名字，脱口叫他“敢勇”，还笑着说：“名字不错啊！看你的样子，一定‘勇敢’啊！”从那以后，大伙儿一开玩笑就叫他“勇敢”。他真勇敢，当时就给那老师一个下不来台：“老师，我的姓的声母是‘k’不是‘g’！您以后可不要这样教我们呀！那不误人子弟吗？”

“我说勇儿啊，”马老伯拿开烟袋，说，“黑花是我放丢的，一定由我找回来。你只管上好你的学啊！回去吧，好好歇着，明天好上学。也告诉你妈不要着急上火！”

阚勇同样知道马伯伯的脾气，就是磨破了嘴皮也没有用。忽然，他想起来，昨天不是下雨了吗？那泥土路上一定有猪踪的呀！他笑了，您不告诉我，我也知道的。

看月亮升起来了，阚勇心里又一阵高兴：“月亮知道我的心啊。”他悄悄地从家里抄起一把砍柴的刀，便向村外寻去。

小村子的路是东北西南向，就两大出入口。阚勇这时候把看过的侦探片的追踪情节都回忆起来，先查看村里土路上回来的猪踪：“哈，来自西南方向。”

阚勇顺着猪踪一路寻去。山越来越陡，谷越来越深，林越来越密。他往野狼峰望去，见猪踪还在向那里延伸，忽地明白了：黑花是在野狼谷丢的！

野狼谷！阚勇浑身一激灵，猛地想起了爹对自己的告诫。那还是他刚刚满地跑的时候，爹指着野狼峰说，这家乡这嘎达最高的山峰下面有条野狼谷，你们小孩子千万不要去那里！“为啥呀？”“为啥？知道为啥叫野狼谷吗？”“野狼谷？有野狼！”“聪明的勇儿！给爹记住了，千万不要去野狼谷！那里的野狼还把猎人咬死过呢！”

想到这里，阚勇停了下来，抬头看看升到半空的月亮。亮亮的月亮像是在问他："你不是勇敢吗？怎么停下来了？"他忽然觉得一股热血在往上涌，是啊，爹外出打工，我就是家里的"大男人"了！我得把黑花找回来！

这时候，传来几声夜猫子的叫声。"我才不怕呢！"阚勇握紧了砍刀，追踪而去。

野狼谷地势险要，谷深林密。阚勇头一次进来，转了几圈，也没有见到黑花的影子，可自己却分不出东西南北了。"野狼加迷路——"阚勇此时真的害怕起来了。他倚靠在一棵大松树上，忙想着办法，"哦，野狼来了我就上树，狼是不会上树的"。想到这里，心里的害怕便减少了许多。于是，他大声呼喊起来："黑花，黑花，黑花——"

"勇儿，勇儿，勇儿——"野狼谷上方传来了喊声。

是马伯伯！"马伯伯，我在这儿！"阚勇高兴地向着喊声奔去。

"好小子，你竟敢自己跑到野狼谷！"马老伯一把拉住阚勇，"我不告诉你黑花是在野狼谷丢的，就是怕你跑来找黑花的。这里现在虽然没有野狼了，可迷了路就是很危险的呀！"

"哈哈，没有野狼就更不怕了。"阚勇心里说，"我一定把黑花找到！"嘴上却说，"谢谢伯伯了，谢谢伯伯了！请您千万不要和我妈妈说我来野狼谷找黑花啊！"

过了一天是星期天，阚勇像往常一样，带着刀去砍柴。不过他没有去往常的地方，而是去了野狼谷。大白天，野狼谷不再那么幽深和神秘。他进了野狼谷，便循着地上的猪踪，喊叫着"黑花"的名字，可半天没有回声。他笑了：黑花可能听不懂自己在喊它呢，便学着妈妈平时呼唤黑花的声音，“咯、咯、咯、咯——”地叫了起来。转悠了一大阵子，发现猪踪在接近谷底的一个大大的石洞前消失了。

“黑花跑到这石洞里了！”阚勇一阵高兴，便叫道，“黑花，我来了！”忽然觉得不对，又忙“咯、咯、咯、咯——”地叫了起来。

“呼——”像是突然刮起一阵冷冷的山风，石洞里猛地窜出了一个动物，尖尖的大嘴巴，长长的大獠牙，一身棕色的长毛。“是野猪！”野猪不同于野狼，但也是凶猛的动物，野猪的皮极厚，远了点枪砂都打不透，那獠牙会把人的肚子豁开的！这是爹早和阚勇讲过的。此时见了真野猪的凶狠模样，阚勇感到爹说的都是真的。于是，他忙退到一棵树下准备爬树。

“哼、哼——”忽然，随着叫声，又一头猪跑到先冲出来的野猪前面，挡住了那野猪。

“黑花！”阚勇兴奋极了，“黑花，我找到你了！跟我回家啊！”

野猪停了下来，但也挡住了黑花的路。它们互相用嘴巴拱着对方的身体，像是两个好朋友在嬉戏。阚勇看了，想起了一次看到的家畜和野生动物“友好”的书里的情形，像是明白了什么，是黑花来找野猪，还是野猪找到黑花哪？

想到这里，阚勇高兴起来，马上离开了那里，打了一扛柴禾快步扛回了家。贴着妈妈的耳朵，神秘兮兮地说：“告诉您个喜讯：黑花没有丢，它在给您创造惊喜呢！您不用再着急上火了！这真的是‘塞翁失马’呀！嗯，应当是‘阚家失猪’啊……”

知道儿子从不说谎话的妈妈，当然相信阚勇了。可是两个月过去了，妈妈也没有见到黑花的影子，她一追问，儿子便笑着说“快回来了”。

原来，阚勇每个星期天都跑到野狼谷去。只要他在石洞前“咯、咯、咯、咯——”地一叫，那野猪和黑花就会从石洞里跑出来，那野猪早没有了那开始时的凶相。阚勇还带去猪喜欢吃的野草和野果。快到三个月的一天，阚勇在石洞前刚“咯、咯、咯、咯——”地一叫，黑花便“哼哼”地像唱着歌似的跑了出来，后面竟跟着一群猪崽！猪崽的后面是那头大野猪。

“哈哈，黑花！”阚勇高兴地跳了起来，“你真棒！现在，我们回家吧！”

黑花像是听懂了阚勇的话，“哼哼”答应着，尾巴摇晃着，领着猪崽朝他走过来。

妈妈见丢了近三个月的黑花带回了一群棕色的猪崽，笑得合不拢嘴。更使她高兴的是这些猪崽长大了，好多人花大价钱来争着买。她把这些告诉给已经当上了农民工人大代表的勇儿爹，他在高兴之余，写了《设立野狼谷野猪自然保护区的建议》。很快，“棕猪开发公司”也组建了，黑花和那头大野猪成了区里的“大功臣”。乡亲们常常看到黑花和大野猪在野狼谷到村子路上的踪迹，后来那野猪的踪迹越来越多了……

空楼幽灵

凌晨时分，冷清的小城街上的暗淡路灯灯光斜射到路旁一座破损的空楼上，一张白白的纸在黑黑的门上显得分外耀眼。

“喂！这空楼要卖了吧？看看去。”几个晨练的老人发现了白纸，便向空楼走去。

白纸很白，但上面的字看不清楚。一老人打开打火机，才看清了，便念起来：“天灵灵啊地灵灵，空楼里面有幽灵。娃娃不要进这里，免得碰上鬼灵精。”

“哈，这是什么玩意呀？”

“宣传迷信嘛！”一戴着眼镜的中年人一边说着，一边上前扯下白纸。

“可也是，现在有什么幽灵呀？”老人知道戴眼镜的人好像是老师，老师说得不错。

这时，另一老人说：“可也别这么说！你不知道这楼冤死个服务员吗？”

这谁不知道——几个人都记起来了，头几年这大楼里兴旺着呢，餐饮游乐一应俱全，一天一开发商逼迫一女服务员，那姑娘为保清白，奋力挣脱从楼上跳了下去，摔成重伤。老百姓知道了，都跑到医院去献血，可怜那姑娘没有被抢救过来。从那以后，这楼便萧条了，再后来便人去楼空了。有人说，夜深人静的时候，听到那冤死的姑娘在空楼里哭泣呢……

第二天凌晨，那几位晨练的老人又发现空楼那破损的门上出现了一张白纸。

“天灵灵啊地灵灵，空楼里面有幽灵。大人别挣亏心钱，否则幽灵来报应！”老人刚刚念完，那戴眼镜的人一边说着“迷信，无聊”，一边扯了下来，然后快步离开了。

一当过警察的老人觉得蹊跷：这老师为什么扯这白纸哪？贴白纸的人是在提醒娃娃？想到这里，便对其他老人说：“我说老伙计们，家里有娃娃的，告诉他们不要进这空楼呀！”

“哈哈，老警就是有警惕性。”老人们说笑着离开了空楼。

晚上，快要中考的孙雯雯和同学李玲玲一边往空楼走，一边小声说：“早上，爷爷问我进过这空楼没有，我当然不能说在这里补课，就说没有进过。爷爷叮咛我不要到这空楼来。”

“是啊，我们得听老师的，给他保密。”李玲玲说，“你爷爷‘老警’惯了呢！”

孙雯雯小声说：“爷爷说得不会错的，我一进这空楼，就觉得发瘆。”

“别精神作用了，”李玲玲说，“静下心来，好好补课，迎接中考啊！”

空楼里一大间新布置的教室里，坐满了学生。戴眼镜的老师见今天学生来得多，很是高兴。讲了一阵子，竟然诗兴大发地朗诵起来：“哇——空楼如此幽静，补课的好环境……”

忽然“哇——”的一声从后面地上传来，紧接着孙雯雯惊叫起来，“哎呀！什么东西爬到我的脚背上了？”她觉得凉飕飕的，一下子从座位上跳了起来。

坐在孙雯雯旁边的李玲玲忙拉起孙雯雯，往地上一看，哭笑不得地说：“雯雯，别怕，是青蛙！”然后一哈腰抓起了青蛙，“呀——青蛙后腿上系着小纸条哪！”

“青蛙怎么也来听老师讲课哪？”一男同学解下小纸条，“哈哈”笑着念了起来，“天灵灵啊地灵灵，空楼里面有幽灵。娃娃不要进这里，免得碰上鬼灵精。”

“呀，老师！这青蛙就是这空楼的幽灵？”一男同学笑着问老师。

“胡说什么？”老师马上走过来，一把掠去小纸条，命令似的说，“不要相信这东西！”

老师见同学手里的青蛙，叫他“摔死它”，那同学说“青蛙是庄稼卫士，把它放到楼外的青草地里吧”，说完，拿着青蛙跑到楼外去了。

补课结束时，老师很认真地说：“同学们，今天的事情，你们知道怎么做吧？”

“知道！今天什么也没有发生。”同学们心里明镜似的，“不就是‘保密‘嘛！”

保密是必须的。孙雯雯在“老警”爷爷的“追问”下依然守口如瓶。

但“老警”却坚定了自己的见解——这空楼定是有了幽灵！因为一连好些天，那空楼的门上总贴那白纸，上面的字前两句不变，后两句常有变化，如“阳奉阴违把钱挣，空楼幽灵不答应”“老师别当‘七匹狼’，空楼幽灵眼睛明”等。这幽灵，是人，不是鬼怪，不是那冤死的姑娘。幽灵好像是针对乱补课的，可是教育部门和学校从春天开学就狠刹补课风，似乎没有补课的了。难道补课从地上转到地下了？转到这空楼里了？

于是，“老警”注意了破狼破虎的空楼。这天下午，他站在好远的地方看着空楼，见一个灰色的鸽子衔着什么东西飞了进去。“鸽子在空楼里做窝安家了？”他想罢，笑笑，“鸽子会利用闲置资产哪！”

晚上9点多了，孙雯雯才回到家里。“老警”见孙女神色有些异样，便问雯雯怎么回事儿，她淡淡笑了笑，告诉爷爷说自己学习累了些。等孙雯雯睡下，他才回到自己的房间。时间不长，忽然听到雯雯惊叫“蛇、蛇——”雯雯的爸爸妈妈和“老警”都跑到雯雯的房间里，雯雯醒来了，一脸的惊恐。那晚上补课时的一幕是那么清晰：他和李玲玲到了空楼补课的屋里，刚到没几个同学，老师还没有到。她想把黑板擦擦，便到讲桌上拿黑板擦。黑板擦一拿起来，便吓了她一大跳，她惊叫道：“蛇，蛇——”李玲玲跑过去，看是一条红红的粗粗的足有一尺来长的大虫子，但不是蛇。便叫坐在讲台下的男同学，一男同学跑来一看，笑道：“这哪里是蛇，是蚯蚓。用这大蚯蚓做诱饵能钓着大鱼呢！”孙雯雯没有见过这么大的蚯蚓，所以在手几乎碰到蚯蚓时着实吓坏了。“老警”问雯雯在哪里看见蛇了，清醒的雯雯回答说梦见了红红的蛇，没有说在空楼里看见了大蚯蚓。但她一睡下，就惊醒，折腾了一夜。

再补课时，老师问李玲玲孙雯雯怎么没有来，李玲玲说了蚯蚓的事情，又把黑板擦下的小字条给了老师。老师见上面写着：“天灵灵啊地灵灵，空楼里面有幽灵。课上不讲课后讲，老师赚钱丧良心。”老师的脸微微一红，嘴里喃喃自语：“空楼里真的有幽灵啊！感谢这个幽灵。”过了一会儿，老师叫同学们都回家吧，说空楼里的补课不再进行了。

在孙雯雯家里，老师当着几名同学的面，说：“雯雯，我知道这空楼的幽灵是冲着我来的，这‘蛇’是本来想吓唬我的。没想到吓着了你，真对不起！嗯，我很感谢这幽灵，因为他没有直接举报我，那样我就会丢掉饭碗了。请同学们帮助我找到这个幽灵啊！”

雯雯笑着对老师说没什么，自己吃了药好多了，明天就可以上学了。她当然知道幽灵是谁，但没有告诉老师，因为幽灵请她为他保密。

在一旁的爷爷“老警”对老师说：“我听出点什么了——那大蚯蚓当是鸽子衔去的……”

“鸽子？”老师和同学们都惊疑起来，“鸽子是空楼幽灵？”

“老警”摇头：“我看见鸽子飞进空楼了，但鸽子不是空楼幽灵，人是。”

"爷爷！"雯雯忙叫住"老警"，"您总'三句话不离本行'，又当侦探了？"

"老警"见孙女的眼色，笑了："爷爷有病——职业病！"

见老师和同学们笑着走了，"老警"想起了早上雯雯同学送药来的情形，问雯雯："那同学就是鸽子的主人，对吧？你为什么不叫我说出来哪？"

雯雯笑了："爷爷火眼金睛，真正的'老警'！爷爷您不知道，他家里很穷的，拿不起补课费的，不参加补课，老师有想法。但他家里人很善良的，他送来的压惊药是他爷爷用祖传秘方配制的，真管用，我两天就好了。他对老师上课不好好讲，等补课挣钱有意见，只是想吓唬老师，没想到吓着我了。人家要我保密，我能够向老师告密吗？"

"老警"点头，说："快中考了，你让这空楼幽灵参加补课吧——钱爷爷掏！"

"哈哈，"雯雯回答，"以前我就说过，他说他初中就和他爸爸去卖猪肉，不再念书了！"

"老警""嗐"了一声："这怎么行？"

"他说，你没听说名校博士生卖猪肉呀？我就向他学习了！"

"嗐！真是幽灵。""老警"苦笑着，"雯雯，你再和那同学说说爷爷的意思啊！"

从那天开始，"老警"路过空楼，总想起"空楼幽灵"来。

深夜，黄鼠狼来了

山村的初夏之夜十分宁静，电子钟“嗒——嗒——嗒——”的秒针走动声音回荡在村头山麓一座农舍的屋中。

忽然，“嘎——嘎——嘎嘎——”的急促而又凄厉的鸡叫声打破了宁静，屋子里的钟声也像瞬间停止了。

“来偷鸡贼了！“铁锁爹忽地翻身从炕上跳到地上，抓起门后的鸟枪，穿着衬衣就冲出门去。复习中考功课刚刚入睡的铁锁也惊醒了，登上鞋子，抄起手电筒和烧火棍，跟着爹身后跑出门去。

“铁锁，先看看鸡架！”铁锁爹一边端着鸟枪搜索“目标”，一边对铁锁说。

手电筒的光柱射向鸡架，鸡见了主人，才惊魂未定地“咕咕”低声叫了几声。

“爹，鸡架没破损，鸡也没缺少——没有情况！”

“嗯，大门也关得好好的。怪事——莫非……”铁锁爹自言自语着，忽然大叫道，“我想是你嘛——黄鼠狼！竟敢半夜来偷我的鸡？！”

铁锁往爹盯住的西墙旮旯瞅去，看到两点绿光，心想爹不愧位好猎手，真是火眼金睛。

“你不来偷鸡，我是不会打你的。”铁锁爹说着，把枪瞄向了黄鼠狼。

铁锁在射向黄鼠狼的手电光里，看清了这是一只黑嘴巴的黄鼠狼，马上记起爹说的话，黑嘴巴的黄鼠狼是老黄鼠狼，老黄鼠狼偷鸡更厉害呢。而这时候，老黄鼠狼明明看见了爹的枪瞄准了它，可它不但不跑，反而坐在地上，两只前腿并在一起，给爹作揖。也就在此时，从老黄鼠狼身后走出来一只小黄鼠狼，右后腿提着，三条腿瘸着向铁锁走来。

“爹，您不要开枪！”铁锁看见这一切，马上请求爹，“这老黄鼠狼没有偷咱家的鸡呀！”

“没有偷，但是吓着鸡了！”爹说，“你不知道，母鸡受了惊吓，就一半天不会下蛋了？！”

“爹，您看这小的……”铁锁忙拉住爹的右手，把手电光照向小黄鼠狼。

“哦——”铁锁爹一看，马上放下了鸟枪，蹲下身来，“呀，这小东西受伤了！”

“爹，一定是老黄鼠狼来请我们为小黄鼠狼治伤的啊！”

铁锁爹点头：“正好你妈没在家，我们赶快给它上药。”说着，抱起小黄鼠狼往屋子里走。

“那这老黄鼠狼，您不打了？”铁锁狡黠地笑问爹。

铁锁爹腾出一只手，刮了一下铁锁的鼻子：“它还在这里？”他们再往西墙旮旯瞅去，只见老黄鼠狼仍然蹲在那里，还朝他们拱手作揖呢。

小黄鼠狼的右后腿伤得很重，铁锁爹边清洗消毒边说，其实黄鼠狼是益兽，不到万不得已的时候是不偷鸡的。头些年咱家给黄鼠狼偷了几回鸡，加上迷信，你妈就很记恨黄鼠狼了。

铁锁接着爹的话，说："实际哪，黄鼠狼爱吃的是老鼠。也是捕鼠的能手。专家统计，一只黄鼠狼一年能消灭三四百只老鼠。以每年每只鼠吃掉 1 公斤粮食计算，一只黄鼠狼可以从鼠口里夺回三四百公斤粮食。所以黄鼠狼是人类的好朋友。"

"好小子，你知道的好像比爹知道的还多呀！"铁锁爹给小黄鼠狼上好了药，笑道，"这样说来，我们都得保护黄鼠狼啊！你把它放到外屋的土篮里，下面垫上干草……"

铁锁放好了小黄鼠狼，说要看看老黄鼠狼走了没有，铁锁爹笑道，不用看了，一定走了，因为它担心鸡害怕它。鸡怕黄鼠狼，像天生带来的，见到黄鼠狼近前便会惊叫不已。

铁锁还是跑出去一趟，回来说："爹，英明！"铁锁爹笑："哼，好猎手，火眼金睛嘛！"

第二天一大早，铁锁就跑出去了。铁锁爹知道他做什么去了，回来见他提着一只胖胖的老鼠，笑问怎么捉到的。铁锁说，不是捉的，是在大门口捡的。铁锁爹又笑道，一定是老黄鼠狼送来的。铁锁想了想，也笑道，爹真真好猎手，火眼金睛！

铁锁爹忽然把脸蹦起来："小子，给小黄鼠狼治好伤是我的任务，准备好中考是你的任务。以后，你不要给小黄鼠狼寻找吃的了。听见没有？记住没有？"

铁锁连连点头："听见了，记住了！'学生以学为主'……"

几天后，铁锁爹突然对铁锁说："有情况——你妈明天回来了！知道怎么保密吗？"

铁锁点头，迅即把小黄鼠狼"转移"到仓房的棚上了。因为他妈是不上棚的，棚上安全。

铁锁妈回来了，铁锁爹和铁锁为小黄鼠狼治伤转入了"地下"。铁锁想得快快转到"地上"，便没事找事地和妈妈说起黄鼠狼的事儿来，一边说一边看着妈妈的脸色。开始，妈妈一脸的惊愕，当听到铁锁说起黄鼠狼的毛皮很有用处，比如制作上等的狼毫毛笔的时候，她突然问铁锁，是不是你爹打到了黄鼠狼。铁锁没有马上回答，只是看了看撮在门后的鸟枪。妈妈"哦"了一声，严厉地说，不能打黄鼠狼，黄鼠狼是人类的好朋友呀！铁锁见自己的"反面教育"获得了正面的效果，不禁大喜过望。忙跑到仓房，抱回了小黄鼠狼，对妈妈说："爹没有打黄鼠狼，还救了这小黄鼠狼哪！"铁锁妈笑了："这就对了。你小子是不是以为妈妈还老脑筋呢？"铁锁终于想起妈妈看过保护野生动物的电视片来……

铁锁一家人照顾，小黄鼠狼的腿伤终于好了。"我们得放它回家了。"这天早上，铁锁把小黄鼠狼喂饱，把它抱出门，铁锁爹和铁锁妈跟着后面，像是送别亲戚似的，铁锁妈给小黄鼠狼的右后腿拴了根红红的线儿。刚出大门，就见老黄鼠狼领着一只大黄鼠狼迎了过来。

小黄鼠狼跑了过去，回过头来，和老黄鼠狼、大黄鼠狼站在一起，向这面拱手作揖。

一晃儿，铁锁顺利通过了中考。铁锁爹种在河边的甜瓜快开园了，却连下了几天雨。铁锁见爹连续几天几夜守在瓜园十分辛苦，便要替爹守瓜园一夜。

“儿子长大了，”铁锁爹很高兴，说，“打枪有危险，你不能打。给你铜锣吧……”

铁锁记着爹的话，自己住进了离家不远的瓜窝棚。入夜，先把爹搓成的艾蒿绳在窝棚里点燃，蚊子便不敢进来了。蚊子不来骚扰，可他躺在草铺上竟然睡不着。想这想那，忽然想起了小黄鼠狼、老黄鼠狼来，它们在大雨里还好吗？它们住的山洞洞进水没有啊？对了，它们聪明着呢，当然不会进水的了。

铁锁想啊，想，忽然觉得小黄鼠狼和老黄鼠狼来到了瓜窝棚。小黄鼠狼在拉着自己的手，要和自己跳舞呢，它的右后腿还系着妈妈给系的红线。“不好意思，我还没有学跳舞哪！”可是小黄鼠狼像是没有听懂他的话，仍在拉他。“别闹，等我学会了……”忽然一声惊雷，铁锁猛然醒来，窝棚外面电闪雷鸣，大雨倾盆。低头一看，“哇——”真的是小黄鼠狼和老黄鼠狼来了！它们还在往外面使劲地拉着铁锁，“别闹，别闹，外面下大雨呀！”铁锁说着，跳下草铺去抱小黄鼠狼：“真的想你们，都梦见你们了。”小黄鼠狼叼住铁锁的裤脚，拼命往窝棚外继续拉着。铁锁忽然想起老鼠在山洪到来之前救人的新闻来，猛然醒悟，拔腿往外就跑。

“铁锁，铁锁——我的儿子！没想到半夜下了这么大的雨……”大雨中跑来的铁锁爹和铁锁妈远远看见了瓜窝棚给山洪冲倒的一幕，惊叫地冲了上来。

惊魂未定的铁锁忙应道："爹、妈，我在这里！是它们救了我……"

铁锁爹和铁锁妈惊喜极了，一个抱住了铁锁，一个抱住了小黄鼠狼和老黄鼠狼。

"谢谢你们救了铁锁！"铁锁爹、铁锁妈把小黄鼠狼和老黄鼠狼抱到家里住了几天……

又一晃儿，到了秋天，铁锁家的院子里堆满了收获的苞谷。田里没有了苞谷，老鼠也从田里大转移到院子里，偷食苞谷了。铁锁见爹买来了灭鼠药，忙和爹建议"绿色灭鼠"来。"啥'绿色灭鼠'呀？"铁锁爹故作不解地问铁锁，"灭鼠讲究什么'色'啊？灭鼠就是那句话——'不管白猫黑猫，逮住耗子就是好猫'！"铁锁解释说："'绿色灭鼠'就是环保灭鼠，不用药物，用人工如养猫和工具灭鼠。为啥啊？为的是减少污染，防止毒杀了老鼠的天敌猫和黄鼠狼等……"听到这里，铁锁爹"哦"了一声："小子，有道理。"他想起了小黄鼠狼、老黄鼠狼求救和救铁锁的一幕幕，脱口道："行！你说得对就照你说的办。"铁锁见爹做起了打鼠夹子和压板，也琢磨起新的捕鼠工具"滚笼"来，他在想滚笼可以活捉老鼠的，活捉了老鼠，便可以送给黄鼠狼的。这天晚上，铁锁一直琢磨到半夜，忽然听到院子里传来老鼠的惨叫声，跑出去一看："哇——是灭鼠能手来了！"原来是小黄鼠狼、老黄鼠狼领着一群大大小小的黄鼠狼把老鼠杀得"人仰马翻"……

天大亮了，铁锁妈推醒铁锁爹："铁锁哪儿去了？快出去找找啊！”铁锁爹一骨碌爬起来，问：“铁锁什么时候出去的？”铁锁妈说：“好像是半夜吧……”

“这孩子做什么去了？”铁锁爹嘀咕着，忙着穿起衣服。

“不用找我，我回来了。”铁锁爹还没有出门，铁锁推门进来了，说，“我跟着黄鼠狼到了它们的家，把大水冲坏的地方给修好了……”

◀ 刺猬大逃亡

淡红的太阳躲到西面的大山下面，留给天空的几抹红云也随着淡去了。四面环山的父亲的瓜园里，天黑得早黑得快，工夫不大便朦朦胧胧起来，接着周围的大山像黑黑的篱笆把小小的瓜园紧紧地围了起来。

我站在父亲搭建的瓜园窝棚前面，手持父亲留给我的鸟枪，向四下望望，哪儿也望不出去，忽然传来几声夜猫子的叫声，显得凄厉、恐怖。我这才觉得自己白天的大话说得过了头，此时已有了几分心虚，若是饿狼光顾了，恐怕凶多吉少呢。我下意识地握了握鸟枪，尽量壮起胆子。因为我早就和父亲说过，放了暑假，就到离村子 3 里地的瓜园替父亲看几宿瓜，让父亲好好回家睡几个囫囵觉。父亲开始没有答应，今个白天我又磨父亲，说自己都是初中生了，已经男子汉大丈夫了，保证把瓜看得一个不少！什么狼虫虎豹我也不怕的。见我斩钉截铁，父亲告诉我怎样使用鸟枪，其实我早就打过鸟枪的，还叮咛我说，有什么紧急情况就打响鸟枪，他会听到的，因为夜里枪声能够传出三四里地呢。

想起父亲的叮咛，握着手里的鸟枪，我似乎不那么害怕了。

这时候才想起了看瓜的职责：瓜园里的香瓜熟了，既要防止人来偷，也要防止动物来“偷”。白天父亲告诉我上边坡地上的“十里香”先熟了，看住那里是重点。于是，我按照父亲说的，把父亲在端阳节采编的艾蒿绳团点燃，那飘洒着香气的艾烟充满了窝棚，蚊子便不敢来侵扰了。然后隔一会儿向“十里香”那里望望听听。

山里的夜极静，偶尔听到村里传来几声犬吠，窝棚里的蟋蟀也不时地唱几声，听得那么响亮。不知什么时候了，我听见“十里香”那里有了动静，我忙再一次跑出窝棚，见原来阴云密布的天空扯开了几道缝隙，星星不时地眨巴着眼睛向地面张望。我借着点点星光，影影绰绰地看见“十里香”那里有个黑团团。“是什么动物？”我心里一惊，忙端起鸟枪，大喊一声：“谁？”这一喊，那黑团团竟然一动不动了。我疑惑起来，是自己看错了，是块石头？不会的，父亲的地里是不会有什么石头的。我想着，不再喊了。过了会儿，那黑团团动了起来，像是在啃香瓜哪！“偷瓜贼！”我又大喊一声，我不知道那是什么野兽，心里也就有几分害怕，因为野兽在穷凶极恶的时候是会伤人的。我蹑手蹑脚地紧握着鸟枪向那里摸索前进，忽然脚下一滑，右手食指滑动了鸟枪的“钩死鬼”，“嘭——”的一声，鸟枪响了！一股白烟冒出，一团枪砂飞向了“十里香”。我自己吓了一大跳，却也“打中了”黑团团，只见黑团团向山坡下滚去了，传出“哗啦啦”一阵响声。我不再害怕了，跑回窝棚抓起手电筒，又跑到“十里香”那里。一照，一个大大的香瓜给那野兽啃了个小洞洞。香瓜中了一颗大枪砂，瓜蒂断了。我拣起香瓜，瓜香扑鼻而来。“原来这野兽会挑瓜哪！”想起父亲说的有的动物挑瓜的技术比人还好哪，这会儿可得到证实了。我顺着山坡往下找，一直找到沟底，也没有看见黑团团，奇怪了，明明是枪响后黑团团滚下去的呀！

我又仔细找了一遍，还是一无所获，便只好回到窝棚里。虽然没有逮住黑团团，但是初战告捷，黑团团只啃了一个瓜，而且被我击退了。于是，我有些兴奋，半点睡意都没有了，把鸟枪的枪药和枪砂装好，炮子扣上，拎着到窝棚外面去。

在我往伸向村子的羊肠小道望去的时候，不觉一惊，一盏红灯向瓜园快速地移动着。“是谁来偷瓜？还打着灯笼！”我赶紧握紧了鸟枪。

“石儿，石儿——”远远地传来了喊声。

是父亲来了！我惊喜起来，忙迎了过去。

父亲见了我，忙问：“你没有什么事儿吧？”

“爹，没有啊！”我回答，“刚才一个黑团团偷啃‘十里香’……”我没有说自己鸟枪是怎么响的，怕父亲把自己撵回家去。

父亲听我叙说了一遍，笑道：“儿子没事就好！没事就好！儿子很勇敢，把黑团团击退了。哎，知道那黑团团是什么吗？是刺猬。刺猬是偷瓜的‘好手’呢，在一二里地都能嗅出哪里的香瓜成熟了，它们很喜欢偷瓜吃，当然很会挑瓜的，从不啃生瓜的。”

“刺猬？！”我知道了，它们下山总喜欢把头和四肢缩进去，然后一滚而下。

父亲说：“刺猬吃不了多少瓜的，不要打死它们，它们还是一种中药材呢……”

父亲这么一说，我倒因为没有找到黑团团而高兴了。可我心里有了另外的想法。

第二天夜里，天晴了，月光如水，周围的大山不再是黑黑的篱笆了。夜深人静的时候，“十里香”再现了黑团团。我不再有一丝的怕意，反而乐了——我就要实现自己的想法了。我把鸟枪背在肩上，抓过一个篮子，悄悄地摸了上去。刺猬很是警觉，远远地像是发现了我，抬起小小的头来张望，我立即大喝一声：“不准动！”这一喊，有效果，刺猬一动不动了。我轻而易举地逮住了刺猬。

我很高兴，用篮子装着刺猬，回到窝棚，折几根柳条，剥下柳条皮儿搓成了树皮绳，把团团的刺猬绑了起来，它的头和四肢早就缩进去了，外面就是一团刺儿！我想，天亮父亲来了，一定高兴，我把“中药材”逮住了。

天亮时，我到窝棚外面拴刺猬的地方一看，愣住了：刺猬不见了踪影，只留下了那根树皮绳。

“刺猬逃亡了！”我很懊悔。

父亲又是笑道：“刺猬的牙齿很尖利的，咬断树皮绳是很容易的。这就是动物的生存本领。若是没有这些独特的生存本领，它们恐怕早大家灭绝了。”

我心里不甘，堂堂的人竟然输给了小小的动物，刺猬一定会笑话我的！我想，吃一堑长一智，看你们叫我再逮住的！

刺猬像是知道我的“阴谋”，连续三天没有照面。我想它是不敢再来了，而且把信息传递给所有的刺猬了——那里危险，万万不可去的！于是，再一个晚上我便高枕无忧起来，没有怎么注意“十里香”的“敌情”了。等天亮父亲来时，我才猛醒，昨夜刺猬把我偷袭了！

真是不可麻痹大意啊！我不敢再疏忽了。可是，刺猬又是几天不来了。夜里，我抱着鸟枪在窝棚外面打盹。一阵夜风袭来，我精神起来，忙朝“十里香”望去。“啊！”我差点儿叫起来，“刺猬来了！而且不是一只。”我联想起几天前把“十里香”弄得一片狼藉，明白了，刺猬们“组团”偷瓜来了！

“哈哈，‘韩信点兵，多多益善’，来得越多越好！”我操起木棍，背起一个大大的篮子，很快都摸了上去。等那个“哨兵”刺猬发现我时，我已经和它们近在咫尺了。它们一定因为几天前的成功偷袭而疏松了警惕。我故伎重演，一声大喝，它们便都把头和四肢缩了进去。我把一个个黑团团拣进大篮子里，一数，两大五小，共七只！

“七只刺猬！看谁斗得过谁？”我心里特高兴，把它们拎回窝棚，不再用树皮绳拴它们，而是坐在大篮子边上看着它们。它们一定知道自己的处境不妙，伺机逃亡。当没有一点儿声音时便伸出头来，我一叫，它们又把头缩回去。如此再三，当然没有得逞。

父亲显得很高兴，把七只刺猬带回了紧靠山边的家。再来的时候告诉我，乡亲们都去看刺猬，还传到县里去了，县里有人要把大刺猬买去，说刺猬的血能够治疗什么大病！我和你妈没有卖，说要养活起来。

我笑着说：“爹，可好好看着，别叫它们跑了！”

父亲说用大蚕筐扣着的，跑不了！而过了一天，父亲说刺猬们把大蚕筐咬了个洞儿，我一惊："刺猬大逃亡了！"父亲苦笑着，点头，"想不到那么粗的条子还给它们咬断了。"

"哦。"我打心里佩服刺猬的逃亡本领，但我总觉得是父亲为刺猬的逃亡提供了什么帮助。

直到今天，我还这样想。而每每问及，父亲总是点头笑笑。

三次遇狼记

小时候怕狼。

因为地处辽北老家那个小山村四面环山，山高林密，时常狼出没。夜里，常常听见狼嚎，那声音特别瘆人，令人不寒而栗。而且，大狼敢进村偷袭小牛，叼走小猪。

有天晚饭后，爹去打嘎瘩楼儿回来得特别晚。妈和我、弟弟都焦急地等着爹回来。直到天擦黑了，爹才拽着满满一爬犁嘎瘩楼儿回来了。妈问爹“咋了”，爹悄悄说“遇见狼了”。“狼？”见妈惊讶的样子，爹若无其事地说，人和狼实际上是两头害怕的，人若不怕狼，狼就怕人。遇见了狼，一定要沉着冷静，别怕、别慌，千万别跑。今儿个就是，我打完了嘎瘩楼儿，绑好了，往山下拨着。拨着拨着就觉得心里有点儿闹腾，是什么东西落下了？忙抬头四下里撒目，忽然看见山旁的树林着一只大灰狼，紧紧地盯着我！我一惊，忙镇定下来，停住了爬犁，抽出了大斧子，紧握在手里。狼见了，回退了两步。我没有后退，也没有前进。狼见了，竟然一屁股坐下了，凶凶地盯着我，好像在寻找进攻的机会。但我不动，狼也不动。我见夕阳西下，觉得这样对峙不是办法。便一手握住大斧子，一手拽着爬犁拉绳，慢慢往路上移动。只有到了路上，狼才不敢追赶了。狼好像也知道，便不死心，也慢慢地同向移动着。我沉住气，慢慢地稳稳的移动。人不跌倒，爬犁不翻，狼就不敢靠前。尽管慢，但终于到了路上。狼也停了下来，坐在山脚下不动了。弟弟听完了，央求道：“爹，再打嘎瘩楼儿让我跟您去吧！”爹笑道：“你不怕狼？”弟弟说：“刚才听爹说了，我就不怕了。”“那你去干什么？”“早听爹说过‘上阵亲兄弟，打狼父子兵’啊！”爹给弟弟说笑了：“我说的是‘打虎亲兄弟，上阵父子兵’！”弟弟也笑了：“我给改了……”弟弟小我两岁，但比我壮实，典型的虎背熊腰、膀大腰圆，胆子也比我大，有股子天不怕地不怕的气势。爹知道，但爹笑笑：“那等你长大的吧！”

弟弟说得有道理，听了爹智斗狼的经过，我也觉得狼不那么可怕了。爹还告诉我们，狼特别喜欢在人的背后攻击人，撵上人后，突然跳起来将两只前腿搭在人的肩膀上。这时候，人千万别回头！若是回头了，狼就会立即咬断人的脖颈。最好的办法是两只手抓住狼的两只前爪，用力下按，让狼无法张嘴。再用头使劲顶住狼的脖颈，甚至顶得狼昏死过去。这是空手捉狼的技巧。其实，一个人赶路，特别是赶夜路时，手里有根棍子很有用，狼也是怕棍子的，因为狼是“麻杆腿”，最怕棍子，棍子一敲就断。所以，对恶狼不能怕，遇见恶狼不能退不能跑，只有敢斗、会斗、善斗，才会有惊无险，转危为安。后来，爹又给我和弟弟讲了不少斗狼的技巧。比如，用棍子打狼，不要打狼的头，因为狼的头很硬，不像狼的腿。这就像打蛇的“七寸”一样，打其要害。用石头打狼也一样，就打狼腿。

爹斗狼的“锦囊”妙计，我牢牢记在心里。狼不可怕，但不能不防狼。我和弟弟早上晚下出去的时候都各自带根木棍。后来，我参加了工作，甚至调到县里后都这样做。家离县里近 50 里地远，星期一上班走的时候天常常还没有亮，我便在自行车的后衣架上别上一根木棍。路过老人们说的 3 条“狼道”时更是格外防备。不可思议的是，防备得越好，越遇不上狼，没有特殊的防备却遇上了狼。好在有爹的防狼锦囊妙计，都化险为夷了。

头一回遭遇狼是 1972 年在家乡吃的公社广播站当编辑的时候。从家去公社的 18 里路的 5 里处有条“狼道”，爹早就告诉过我，那是两个屯子的中间地带，前不着村后不着店，一早一晚走的人和车极少。俗话说“狼精狐狸怪”，狼便选了这个地方作为它们常常走过的道。有天早上，天见亮了，我骑着自行车到了那里，往道下的田地里一看，大吃一惊：一只大灰狼正弓着腰背快速向我奔来！我忙看后衣架，空荡荡的，因为亮天了没有带木棍。狼似乎看见了我两手空空，见我发现了它并不惧怕。我想起爹的“锦囊”，先镇静下来，再立即跳下自行车停了下来，距我不到百米的狼见了也站住了。这时候不太宽的乡路上前后无人，离前后两个村子也都不近。这种情况下不能骑自行车跑，因为狼的速度远远快于自行车的，给它追上一定凶多吉少。见狼没有走，我便推着自行车往前走，狼见了也往前走，我停下来，狼也停下来。在狼停下来的片刻，我极速扫视了脚下的路旁，看见了一样东西后极速做了个动作。狼好像没有反应过来，但眼睛一直在盯着我，那只右前腿还动了一下。忽然，狼见我极速举起刚刚从路旁拣起的那块石头，便极速向前面逃开了，拐过前面的小山包无影无踪了。我松了一口气，上了自行车向前面奔去。心想，狼被我吓跑了！我高兴地用力蹬着自行车，很快拐过了小山包。“呀——”我又大吃一惊：狼没有逃走，蹲在小山包上呢！它想居高临下偷袭我？我马上想到，继续骑自行车的话，狼会从小山包上跳下来扑到我或自行车上，那就十分危险了！于是，我立即跳下车，狼见了并不后退。当我快走到小山包下时，狼像孤注一掷似地站了起来，接着慢慢弓起背来。我知道，狼要进攻了，想不应战都不行了！狭路相逢勇者胜。我想操起自行车抵挡，伸手拎起自行车的瞬间看见了车筐里刚才放进去的那块石头，我灵机一动，抓过石头来，瞄准狼的右前腿，“嗖”的一声投了过去。“啪”，正好砸在狼的右前腿上，狼“嗷呜”一声嚎叫，掉过头去，三条腿蹦着向小山包后面落荒而逃。

第一次遇狼的经历使我感到，不怕狼很重要，有点儿真本事也同样重要。那块石头能够打着狼，就是我替爹放牛时练出来的。那一大群牛里一直有三两头调皮捣蛋的，总想出群跑进田地里吃庄稼，鞭长莫及时，就用土喀啦掷出去，打到牛牛就不跑了。一来二去，就差不多百发百中了。那以后，我还常练快速跑和倒退着走路。种瓜得瓜，种豆得豆。不仅跑得快了，倒走也相当快了。

1975 年 5 月，在县“五七”干校青年干部学习班学习期间，一个周一清早儿，我骑自行车从家里赶往干校。临走，爹把一根柞木棍子递给我，说经过的那道大岭要格外小心。我明白，爹在提醒我防狼。那近50里地多是穿行在山里。那道名叫“偏道岭”的大岭，岭高林密，“岭脖子”很长，岭的两边很远地方没有人家，是个很背的地方。我是头一回走，刚进入岭下就觉得很瘆人的。我自然而然想到了“狼道”，那里十有八九便是。但看着别在自行车后衣架山的木棍，心里便不那么紧张了，也特别感谢爹！于是，我忙着快速通过，砂石路坎坷不平，但凡是能够骑的地方我都骑着自行车尽快通过。还好，上岭、下岭，过了岭都没有发现异常。我庆幸地松了一口气，可到了一个狭长的山坡下面，狼——出现了！一只浅灰色的大狼在两百米外的山地里向我奔来，跑得相当快。我想起爹的锦囊妙计，先立即镇定下来，面对越来越近的大狼突然停下自行车，随手抓起木棍，狼好像一怔，也突然站定，接着左顾右盼起来。我也看见前后左右没有一个人影，心想不能总站着不走，必须赶到最近的村子才行，才会把大狼甩掉。便趁大狼往后看的当儿，飞身上车，一手把把，快蹬快跑，跑出百米左右，一回头，见狼也跑过来。我又马上站下来，狼也又站下来。再跑就是下策了，因为狼与我的距离已经大大缩短了，狼会快速扑上来的。此时，与大狼面对面对峙是上策，狼就不敢逼近。但是，总是对峙也不是好办法我，还要赶到干校学习哪！我看着狼，看着木棍，突然想起来倒走，就来了个推车快速倒走，狼站在那里，动了动两只前腿，但没有迈步。倒走百余米后，路拐了弯，看不见狼了，回头看见了不太远的屯子了。我见狼没有追过来，骑上自行车，很快进了屯子。

干校学习没有结束，我便被调到了县委办公室。那时候常常随书记、主任下乡工作。一年早春，下乡住在地处边远山区的成平公社。清晨，天刚蒙蒙亮，别人还在酣睡，习惯晨练的我静悄悄地起了床，去登公社对面的那座大山。那大山很大很高，山这坡是大片柞蚕场，根刈的柞树棵子散落在地上，早春出土最早的狼毒花正展露着胖乎乎的鹅黄色的叶片。那十分清新的大山空气和春的气息，使我心情特别舒畅，也自然而然地记起来电影《常隆基》来，那影片的主人公常隆基便是这个公社的铜台大队苔碧屯人，他的抗日英勇壮举广为流传，令后人景仰。常隆基是这里土生土长的东北后生，生就东北男子汉豪气、粗犷、硬朗的性格。被伪国军选征时，身高一米八多他十分痛恨日本侵略者，常常吟诵“忍看山河碎，愿将碧血流，恨不为国死，留作今日羞”一类的爱国诗句，立志杀敌报国。1943 年 5 月 2 日，担任伪靖安军二团迫击炮连连长邹士朋勤务兵、4 月便被确定为率关东军视察团的中将楠木实隆的马夫的常隆基，终于有了实现自己抗日报国的机会。清晨，他从连长那里弄来了手枪，机智地放在马粪兜里，躲过了审查。早饭后，日本中将楠木实隆按照关东军本部的密令，会同伪满军事部大臣邢士廉上将、伪第七军管区中将司令贺慕侠，驻富锦伪靖安军第一师少将师长美藏三太郎等，组成最高军事视察团前往视察号称北满“陆上航母”的五顶山要塞，10 点钟到了五顶山的小西河子坡。山路难走，马上颠簸，楠本实隆示意做他马夫的常隆基扶他下马。没等楠木实隆站稳，常隆基极速地从马粪兜里抽出了手枪，对着楠木实隆的脑袋，“砰砰”就是两枪。

顿时，楠木实隆中弹倒地。突如其来的刺杀令在场的上千日伪军惊慌失措、呆若木鸡，眼睁睁地看着常隆基跃上马背，瞬间对着邢士廉“砰”的又是一枪，然后跃马飞奔山外。常隆基跑到松花江边，面对日伪军的重重包围，他面无惧色，从容投江殉国。

山越来越陡峭，高高的地方凸出一高耸的巨石。我边攀边想，这里是英雄的家乡，这巨石不正是英雄的化身嘛！我投去了崇敬的目光，向英雄致敬！收回目光时，脚下竟然又是几株狼毒花！狼——毒——花，你和狼有没有什么联系呢？你是不是警示我这里有狼呢？正想着，见不远处有一个柞树棍子，立即觉得这东西很有用，有狼打狼，没狼下山还可拄着。我抓起柞树棍子，继续上山，想爬到山顶“一览众山小”。就在我加快了脚步快爬到山顶时，突然愣住了——一只大狼蹲坐在上面，离我不到20米远了，正虎视眈眈地瞅着我！这狡猾的狼在以逸待劳！或者是在我没有注意的时候瞬间突袭。现在，我发现了它，它或许选择前者。我自然想起爹的防狼“锦囊”来，又想起家乡的英雄常隆基来，心里毫不惊慌，立即站定，一边看着狼，一边握紧柞树棍子。狼见我有了准备，更是手里有令它恐惧的“武器”，不敢轻举妄动。见狼没有动，我开始倒退着下山。在那陡峭的山上倒走，实属不易，极可怕的第一后果是跌倒。一旦跌倒，狼定然会趁机攻击。好在像放牛时练习投石那样，在山上练过倒走。感悟和练就了身体重心前移、脚尖着力、脚跟抬起，一只脚站稳，另一只脚再抬起，同时用两眼的余光扫视背后的“路线，及时避开树木、草丛、荆棘、石头、土坑等路障。我双眼盯住狼的一举一动，用眼的余光完成脚下和身后的观察。我清醒地告诫自己，稳准，不急不躁，退一步就离狼远一步，就离危险远一步。爹说得对极了，近距离与狼相对，手里再有家伙，狼就不敢贸然行动。狼没走也没跟下来，我便一直倒退着到了山下。

三次遇狼，丰富了我的阅历。我感谢爹，感谢家乡的英雄！

◀惊梦——东非野生动物大迁徙

马年梦马

蛇年除夕晚饭后，k小子帮助爸爸挂好了门前的一大排大红灯笼的时候，正好20点了。k小子一面看着春晚，一面想着“图灵测试”，突然“噗嗤”一声笑了起来。

“笑什么啊？”爸爸和妈妈同时问k小子，“这个节目也不好笑呀？”

“嘿嘿……”k小子没有说出自己心里的东东，却说，“春晚的节目不都是好笑的嘛！”

当墙上的报时的电子钟传来“现在的北京时间23点整”的时候，k小子站了起来，先给爸爸鞠了一躬：“爸爸过年好！”然后给妈妈鞠了一躬：“妈妈过年好！”

爸爸妈妈一怔：“k小子，你拜早了。24点的时候才到马年，现在还是蛇年啊！”

k小子笑笑：“爸爸妈妈，23点开始就是子时了，子时开始就是新的一天的开始。所以从23点开始就是马年了。22点59分

59 秒 59 也是蛇年。”

“哦。”爸爸妈妈笑了，“原来‘一夜连双岁，五更分二年’是从 23 点开分的啊！好，爸爸妈妈给你红包。”

k 小子又笑了：“谢谢爸爸妈妈！今年我不要爸爸妈妈的红包了，有人会给我的。”

“这孩子怎么有点儿怪怪的！”妈妈嘟囔了一句。

爸爸见 k 小子眼睛眯眯着，笑道：“一定又是什么科呀学呀了！”

不一会儿，k 小子一下子从椅子上跳起来：“爸爸妈妈，我给大黑博士拜年去了。”

“马年梦马，好！”大黑博士听了 k 小子的梦，说。

原来，k 小子刚才眯眯眼睛的时候做了一个梦：自己在一望无际的大草原上，看见不计其数的野生动物，许多是自己见所未见闻所未闻的，就说那百万头左右的长着好看的角的牛吧，跑起来排山倒海，惊天动地！那大场面真是壮观极了……

k 小子想马年自己的运气不错，想什么就来什么，想“图灵测试”一下大黑博士，就做了一个“马梦”，自己梦里看见的动物和动物的一些知识大黑博士一定不会都知道的，那自己就有他的红包了！

“嘿嘿，”大黑博士突然笑道，“k 小子，是不是在打本博士的歪主意了？”

k 小子见自己心里的东东给大黑博士一语道破，脸上微微一红，又马上镇定下来：“小学生不能打大博士的歪主意！俺是来给您拜年的，同时来学习的。您就解解我的梦吧，谢谢！”

k小子见大黑博士没有说什么，就笑着说：“补充一句，您不要以讹传讹，误人子弟！说错了一点，就要挨罚——给我红包！”

“哈，不打自招了！”大黑博士笑道，“给俺拜年的俺都给红包的。”

k小子“嘿嘿”一笑：“您刚才说，我梦到的那长着大角的是马？”

“是角马！”大黑博士回答，“角马不是马，但名字里有‘马’，和马年连上了吧？还有，你的梦里不是看见了斑马了吗？斑马很像马的，说你马年梦马，是不是很贴切呀？”

k小子想了想，点头：“嗯，斑马我认得，也知道斑马身上耀眼的花纹可以使得他们的敌人难以判断与他们的距离，保证他们化险为夷的。我看见斑马在角马前面，足有几十万只！”

大黑博士也点了点头：“你梦里看见的是东非野生动物大迁徙的壮观场面。在东非草原上，每年有一次百万头以上有蹄类动物大迁徙。大迁徙的动物分为前中后‘三军’：打头阵的就是20多万匹野斑马，紧跟其后的是百万头角马，再后面的是50万只瞪羚。他们各得其所，斑马喜食高层新草，中层嫩草正好是角马的食物，底层短草则是个头矮小的瞪羚的所爱。而紧随其后的是成群结队的非洲狮、猎豹等凶猛食肉动物。”

“东非野生动物大迁徙？”k小子惊喜起来，“这是动物史上的一大奇迹！我想亲眼看看这一壮观景象，更想尽自己一份力量保护斑马、角马和瞪羚不被非洲狮、猎豹等凶猛动物伤害。您，得和我一起去！谢谢！”

“不要总说‘谢谢’！”大黑博士说。

k 小子笑道：“尊敬老师嘛！您若是不去，就得拿大大的红包来.”

“嘿嘿，“大黑博士也笑了，“为了省下大大的红包，俺去。”

其实，大黑博士也早就想目睹东非野生动物大迁徙的。他在一个不大的红包上写着“记住，暑期正是观看东非野生动物大迁徙的好时机，你先把课程学好！”

“谢谢老师！”k 小子打开红包，内有一张去看东非野生动物大迁徙做哪些准备的资料！心想回家有“交代”了，便笑，“红纸包的就是红包！”

与马同行

终于盼到了暑假。早就做好了准备的 k 小子兴高采烈地坐上了大黑博士的航空机。

“我先说说东非野生动物大迁徙的主角角马吧，”大黑博士开启自动模式后讲了起来。

角马，也叫牛羚，是一种生活在非洲草原上的大型羚羊。在生物分类学上，它属于牛科的狷羚亚科的角马属。角马主要分布于非洲中部和东南部，从肯尼亚南部到南非、从莫桑比克到纳米比亚再到安哥拉南部都有；几乎所有的国家公园都有角马，因为他们对环境的适应能力非常强。在肯尼亚，还有胡须白色的角马。

东非动物大迁徙又常称为角马大迁徙，因为他们是大迁徙中数量最多的动物。根据最高峰期的统计，有超过 160 万头角马参与过这场大迁徙。

大黑博士说到这里，突然问："k 小子，你这‘图灵测试’太小儿科了吧？本博士的智商高不高啊？"

k 小子知道不能在大黑博士面前班门弄斧了，笑嘻嘻地连连点头。

说话间，航空机飞到了坦桑尼亚的塞伦盖提大草原上空。k 小子往下一看，兴奋地叫了起来："哇——看见角马群了！我们快着陆吧！"

"要和马在一起，我们得隐身。"大黑博士说着，拿出两顶怪怪的帽子，"我们戴上。"

k 小子知道这东东一定有好多的功能的，忙戴上了："可这航空机呢？"

大黑博士笑答："航空机比隐形飞机还超级哪。"

真的！他们降落在一头大角马面前，大角马好像一点儿感觉也没有。

"我和您说话是不是要很小的声音呀？"k 小子问大黑博士，"以免惊动了马们。"

大黑博士笑道："不必的，这帽子都管了，只有我们自己听得见的。"

k 小子的两只眼睛睁得好大，也觉得不够用了。这里，大批角马的周围有斑马，还有长颈鹿。长颈鹿很悠闲地迈动着绅士的脚步，像是巡视着什么。

k 小子跟着一群角马往前慢慢走着，忽见一头小角马慢悠悠地站了起来，但很快就会走了。大黑博士告诉 k 小子，这里是角马的故乡，也是大迁徙的起点，也是每年 40 万只小角马的出生地，他们出生 10 分钟后就完成了站立和行走，这种坚强的生命赞歌年复一年地响彻在这广袤的大草原。全年 3/4 的时间，他们都会奇迹般地生活在这里，只有每年的 7 月至 10 月间，才会逐步迁徙到肯尼亚的马赛马拉自然保护区。

望着“三军”移动的波澜壮阔的大场景，k 小子觉得自己是在梦境里，忙说：“我是不是还在‘马年梦马’里呀？”

大黑博士笑了：“你不是在梦境，是圆了你与马同行的梦。你知道吗？角马群一年四季都在不断迁徙，迁徙的大致路线，恰好与两个国家自然保护区的边界基本重合，距离约 3000 公里，并且年复一年的在非洲大草原上作顺时针运动。现在他们正向马赛马拉自然保护区迁徙，我们跟上。”

马到功成

大黑博士叮咛 k 小子，千万不要丢掉了怪怪的帽子。

k 小子自从戴上这帽子便感到了神奇，要跑多快就多快，还不觉得疲劳！于是点头笑道：“戴上这帽子，我想明白了很多问题了，比如这动物大迁徙，原因是为了生存需要的水和草。”

“哈，k 小子！”大黑博士笑道，“帽子还告诉你动物大迁徙的路线了吧？”

k小子一想，脑子里就有了。

东非野生动物大迁徙是跨国“大旅行”：在东非坦桑尼亚的塞伦盖提和相邻肯亚的马赛马拉，每年八九月间，逾百万头黑尾角马、斑马和头瞪羚从原本散居的塞伦盖提南部，不约而同地大迁徙到邻国肯亚的马赛马拉，在那里一两个月后，于11月间又千里迢迢地返回塞伦盖提南部。年复一年，周而复始。这6000里路中危机四伏，只是角马就有几十万头死于大迁徙途中。但同时亦有约40万头小角马出生，使得东非野生动物生生不息。

大黑博士问：“k小子，知道这帽子是谁发明的吗？是俺呀！”

“哈，您真了不起！！”k小子笑了。

“别笑了！”大黑博士突然指着几百米外的地方，“快扶正帽檐，救那小角马去！”

k小子见一只猎豹就要咬住那小角马了，正了下帽檐，箭一般地赶到了猎豹的头前，猎豹被k小子带去的阵风一下子掀翻了。

这时候，大角马们赶了过来，把小角马围在中间，跑回了角马群。

大黑博士朝k小子翘翘大拇指：“与马同行要保护马啊！其实，在草原上角马不离群，猎豹、狮子和黑背豺等猛兽都奈何不了的，因为角马休息时都是雄角马头朝外，把雌角马和小角马围在中间的。但是，过河的时候就没有这样的办法了！我们得格外小心。”

角马群以正常的速度迁徙，一条大河拦住了去路。

只见头马勇敢跳入滚滚河水向对岸渡去，角马们奋勇跟进。河中有世界上最坚硬的颌骨、咬力巨大的3.5米长的尼罗鳄正把握这最佳的捕猎时机而蠢蠢欲动。角马门用“马海战术”对付鳄鱼，鳄鱼并不能轻易得手。

目睹这惊心动魄的场面，k小子一个劲儿地喊：“角马加油.角马加油！”

忽然，一只小角马给湍急的河水冲到鳄鱼群里。k小子和大黑博士几乎同时冲了过去，驱散了鳄鱼，但小角马还是因为受了伤，没有活下来。角马妈妈焦急地在岸上等待自己的孩子。

k小子急了，正正帽子：“我把鳄鱼统统杀掉！”

大黑博士忙拉住k小子：“鳄鱼也是应当保护的野生动物啊……”

角马群洪水般地卷到了对岸，k小子和大黑博士最后过了河。

又经几次渡河，百余万角马到了马赛马拉，和几十万斑马会师了。

“马到功成！”k小子和大黑博士拥抱在一起。

大黑博士笑笑：“我们，终于圆梦了！哎，你怎么不说‘马到成功’呀？真有知识了！”

k小子笑答：“这词的组合应当这样说的啊，我记得你第一次就是这样说的。谢谢！”

大黑博士笑了。看着角马和斑马悠闲地吃着鲜嫩的水草，k小子也开怀大笑起来。

空　卷

班主任臧老师一进教室，黎大白就预感到哪个学哥学姐学弟学妹冒犯了老师的尊严，一定马上会得到“报应”的！想到这里，他先审视了自己，觉得自己还没有任何的“危险”言行，于是心里坦然起来，尽管为学哥学姐学弟学妹还在忐忑着。

臧老师大步流星地到了讲台上，那极少的一脸阴霾一时令同学们鸦雀无声。忽然，黎大白见臧老师斜着眼睛瞟了自己一眼。他立即精神紧张起来：难道是自己？

黎大白黑黑的眉毛打了两个结儿，正在想着，臧老师说话了，语气和往常大不一样：“我一直以为有的事情是不该发生的，也是不会发生的，但是这不该发生的事情居然发生了！真是应了那句我原来不相信的话，‘这世界什么事情都会发生的’……”

“报告老师！发生了不该发生的什么事情？”是班里“好问者”郝文泽一边举手，一边站起来问。这家伙性格和他的名字一样，就是同音不同字罢了。

“同学们都想知道吗？”臧老师没有直接回答郝文泽的话儿。

“想——”同学们像是有气无力地回答。

臧老师白了同学们一眼，没有说话，转身在黑板上写了两个大大的粉笔字：“空卷”。

“空卷？”郝文泽还没有坐下，像是自言自语，“把东西空着卷起来的呀！”

黎大白明白，郝文泽不管是有意还是无意，说的都是不对的，一定是没有答题的卷子。

黎大白当然不会是郝文泽的“罗锅”，但班里另一个“好事者”部世德“报告”一声，站起来说：“老师，我想郝世泽说得不对，应当是‘空卷’，就是没有答题的卷子。可是，怎么会出现这样的事情呢？这可是头一回听说的！”

臧老师示意部世德坐下，对郝文泽说：“不要用‘郝文泽’=‘好问者’来套嘛！”

臧老师把自己那冷峻的目光投向同学们：“这奇怪的事情就发生在我们班里！而且是县里来抽查的时候发现的，我们名扬全县了！是臭名远扬！啊！”

同学们都感到了问题的严重性，又鸦雀无声了。

“为了不耽误上课，为了给制造‘空卷’者一个机会，”臧老师停顿了一下，“我就不披露‘肇事者’了。”他把“制造空卷者”称为“肇事者”，“请好自为之，坦白从……”

臧老师突然又停顿下来，没有说出“宽”字，也许以为用词不妥吧。

见臧老师又斜瞟了自己一眼，黎大白坐不住了：“报告老师……”

没等黎大白说完，臧老师淡淡一笑："还好，你把握住了老师给你的机会……"

"是黎大白制造了'空卷'？"同学们都惊疑起来。

"报告，"黎大白的同桌韦花站起来说，"老师，'空卷'不会是黎大白制造的！"

臧老师又淡淡一笑："黎大白自己已经承认了，你不要替他文过饰非嘛！"

"报告，"这时候，班委汪小利站起来说，"老师明察秋毫，韦花不要多此一举嘛！再说了，不是黎大白，那么是你吗？"

黎大白眼睛有些湿润了："老师，我想说两句……"

"别说了，本来你的态度很好了，"臧老师冷冷地制止了黎大白，"不要解释了，知道'越描越黑'吧？过程不是主要的，结果、结果才是主要的。你下课到我的办公室……"

"自己制造了'空卷'！"黎大白一头雾水，一堂课哪里听得进去，好不容易等到下课。

"臧老师，我、我想看看那张空卷。"在臧老师的办公室，黎大白请求道。

臧老师好像气消了许多，可能是黎大白主动承认的缘故吧。他语气大有缓和："黎大白同学，你一直是班里的好学生，我开始也不相信是你搞的空卷！可是，县里的老师说那卷子上写着你的名字。因为我还没有来得及批卷，他们就突然来查了，卷子现在还在县里哪。"

黎大白知道，这空卷确实给臧老师造成了很大的"麻烦"的，可能影响了学校的成绩！便很认真地说："臧老师，谢谢您！我知道交空卷是不对的，不管是谁。可我想告诉您，这空卷真的不是我'制造'的。"

臧老师盯着黎大白，足足看了10几秒钟："那你告诉我，上周二那天第七节课的数学测验，你是怎么答的卷子的？"

"上周二第七节课的数学测验？"黎大白记得清清楚楚，"老师，那天下午我请假的时候您在办公室，便和数学科任老师请了假，因为我姥姥病了，妈妈要我买药回去。"

臧老师边听边看黎大白，正好数学科任老师进来，她说黎大白那天向她请假了。

"哦，"臧老师像是自言自语，"那、那汪……"

这时候，上课的铃声响了，黎大白和臧老师说了声"再见"，跑出老师办公室回到教室。

"怎么样？"韦花悄悄问黎大白，"瞪清了吗？"她没有注意，把"澄清"说成"瞪清"。

黎大白知道臧老师已经给自己"昭雪"了，便高兴地回答说："瞪清了。哎，我怎么也说'瞪清'了呀！"

"嘿嘿，俺是幽你一默而已嘛！"韦花又问，"是谁嫁祸于你的？俺想替你出出气！"

黎大白指着讲台："老师来了，好好听课。"

"汪小利！"黎大白满脑子里搜索起来，终于在一件小事上定了格。

那是一个月前的一天，汪小利想赶快做完数学作业，好去操场上打球。他问黎大白一道数学应用题怎么做，黎大白已经做完，但没有让汪小利直接抄去，而是要帮助他先分析，再思考运用什么公式来运算。汪小利着急："你都做好了，借我抄一下嘛！求你，就这一回！"但是一贯认真的黎大白却坚持和他分析……结果，汪小利很不高兴，嘟囔着："不求你行了吧？俺求别人去，哼！"说完悻悻而去……没想到，汪小利为这事记了仇，竟然制造了"空卷"！

下课后，韦花又黏住黎大白，她真有点儿女大侠的气势，要为黎大白打抱不平："告诉我，是谁制造的空卷，又叫你背黑锅的？"

黎大白知道韦花会弄得天翻地覆的，那对同学之间的团结极其不利，不能这么做。于是，悄悄和韦花说："臧老师还没有告诉我呢！"

"嗯，好！"韦花笑道，"等告诉了你，你第一时间告诉我。本姑娘要……"

黎大白微微一笑，韦花伸出手来，和他拍了一下："一定！"

第二天，臧老师讲课前先说了"空卷"的事情："同学们，昨天，我、我……"他像是有些激动，"我没有听黎大白同学的解释，因而错怪了黎大白同学。在这里，我、我向黎大白同学检讨。也对韦花等同学说声'对不起'！"

"报告，"韦花站起来，"老师，谢谢您！那您现在告诉我们是谁制造了'空卷'吧！"

"好。"臧老师回答说，"我这要批评这位同学，他就是……"

“报告，”黎大白站起来，“臧老师，我很感谢您！但我请求您，不要说是谁制造了‘空卷’了！我想，以后，再也不会出现这样的事情了！是不是，同学们？”

“是！”同学们都大声地回答，和昨天回答臧老师的“想”大不一样。黎大白、韦花见汪小利脸儿红红的，使劲儿地鼓掌。

“好，同学们！”臧老师摆摆手，“我尊重黎大白的意见，我们要团结一致向前看。”

同学们又鼓起掌来。

“报告老师！”汪小利站了起来，“我、我有话说……”

臧老师示意汪小利坐下：“现在上课，下课到我办公室说吧！”

下课了，汪小利走到黎大白跟前，把一张纸条塞给黎大白，贴着黎大白的耳朵：“都是我的错，我谢谢你了！我这就去老师那里检讨。”

韦花见了，明白了，瞅着黎大白，笑了：“这世界真的是什么事情都会发生！”

◀ 戴上奖章的“十斤红”

冰箱孵出鸡娃娃

“啾，啾——”

放学回家刚刚坐下来写作业的兰兰，耳朵里忽然听到这微弱的熟悉的叫声。“是妈妈买回了鸡娃娃？”一想起绒嘟嘟的可爱的鸡娃娃，她便满屋子找起来。可是，角角落落找遍也没有看见鸡娃娃的影子。

“啾，啾——”比刚才还微弱的叫声，把兰兰引到了冰箱前。“难道妈妈把鸡娃娃放在冰箱里了？”冰箱的冷藏门一开，她愣住了：一只大红皮鸡蛋的大头叨开了小洞洞，红绒绒的鸡娃娃小脑袋刚刚伸出来！

兰兰惊喜地大叫起来：“妈妈，妈妈！冰箱里的鸡娃娃孵出来啦！妈妈，快来看呀！”

厨房里传来妈妈的声音：“兰兰，叫什么哪？快好好写作业！”

“真的，妈妈。”兰兰继续叫道，“您快来看呀——一个红绒绒的鸡娃娃……”

妈妈知道兰兰从小就喜欢鸡娃娃，还特喜欢养鸡娃娃，以前家里每年春天都买来几只鸡娃娃养着，她总是一天几次来喂养鸡娃娃。今年怕耽误她的学习，就没有买鸡娃娃。一定是这孩子想着鸡娃娃了。可冰箱里怎么会孵出鸡娃娃哪？这孩子！

兰兰见妈妈没有来，忙敞着冰箱门，跑到厨房，拉着妈妈说："妈妈真的，快看看去啊！"

"啊？"妈妈一看，也惊喜起来，"孩子，这冰箱真的孵出鸡娃娃啦！"

说着，妈妈忙把露着鸡娃娃小脑袋的鸡蛋小心翼翼地拿出来，放在电热毯上，还盖上了小毛巾。

"啾，啾——"小红鸡娃娃叫声比刚才洪亮多了。

"妈妈，那几只鸡蛋也会孵出来鸡娃娃的吧？"

兰兰一说，妈妈点头，马上把它们都拿到电热毯上了。

"妈妈，"兰兰乐呵呵地瞅着小红鸡娃娃说，"咱家的冰箱神了！我想，能够孵出鸡娃娃，就一定能够孵出别的娃娃，等我找来恐龙蛋……"

妈妈"呵呵"一笑："行了，兰兰！鸡娃娃哪里是冰箱孵出来的呀！我才想起来，这鸡蛋是你爸爸头两天买回来的毛蛋。没想到竟然在冰箱里活了过来。"

"嗯，"兰兰坚持说，"不管怎么说，这鸡娃娃是从冰箱里伸出小脑袋的呀！所以，我说冰箱里一定会孵出恐龙的！"

"哈哈，对啊！"爸爸进来，摸着兰兰的头说，"只要人努力，这世界什么奇迹都会发生的……"

仇将恩报

冰箱里孵出来鸡娃娃，兰兰也觉得稀奇。特别是那几只鸡蛋里又在电热毯上钻出了两只白色的鸡娃娃，不到一天的工夫，它们就都会走路了。一红二白三个小家伙在床上先是歪歪斜斜地，后来就正正道道地，一边“啾，啾——”叫着，一边行走着。兰兰在喜欢鸡娃娃的同时，还在想，它们的生命力真是超乎寻常，可为什么有红的有白的哪？

妈妈说她也不明白，兰兰笑道：“我明白了——这叫‘大难不死必有后福’。妈妈，这三只鸡娃娃一定好好养着，我想还会有奇迹出现的。嗯，就我来当‘小小饲养员’吧……”

妈妈摇头：“你是学生，学生要‘以学为主’……”

“妈妈，”兰兰叫道，“还有‘兼学别样’呀！您放心，我不会耽误学习的！”

妈妈相信兰兰，想了想，说：“你，就算编外‘小小饲养员’吧。”

从此，兰兰在完成作业之后，便和鸡娃娃亲密接触，不是喂它们，就是逗它们玩。她根据鸡娃娃的颜色，给它们取了“红儿”、“大白”和“二白”的名字。和它们很快混熟了，一叫谁，谁都会跑到她跟前来，站在她的手心里“啾，啾——”地叫着。兰兰很快发现，红儿虽然先从冰箱里孵出来，却没有大白和二白长得大。于是，大白和二白常常结成“统一战线”，用自己尖尖的小喙啄红儿。红儿好像明白“惹不起躲得起”的道理，总不招架，而远远躲之。

“不要欺负人嘛！”兰兰常常把大白和二白拉开。特别是吃食的时候，大白和二白总是占据槽头的有利地形，红儿刚刚走近，它们便“啾，啾——”地向红儿叫着，同时扬起尖尖的喙儿。红儿马上停止了脚步，站在后面看着它们进食。

兰兰见了，一边说着“不要总当受气包啊”，一边拿来小盆盛上鸡食单喂红儿。可这时候，红儿却“哏、哏——”地叫着，自己不吃，反而把大白和二白叫来，让它们吃。它们也不客气，把自己喜欢的吃的全扫荡一空。

“仇将恩报！”兰兰嘟囔一句，把鸡食多填一些，直到大白和二白酒足饭饱，打着饱嗝到一边晒太阳了，红儿才上前打扫残汤剩饭。

过了一个多月，兰兰见红儿比大白和二白高了大了，红红的鸡冠明显长大。“哦，红儿是公鸡娃。”想起报纸上登过的消息，兰兰高兴地和妈妈说：“它们是国外的新鸡种，叫‘希赛斯’，一出蛋壳就看出红的是公鸡娃，白的是母鸡娃。”

“哈哈，”兰兰见大白和二白比红儿矮一头了，也不再欺负红儿了，便对红儿说，“你该以其鸡之道还治其鸡之身了！”

可是，红儿却依然故我。吃食时总是让大白和二白先吃，自己在后面看着。而它从土里刨出虫子，总是把大白和二白叫来给它们吃。

兰兰见了，很是感动。特意做了个“爱妻模范”的奖章给红儿挂在脖子上。妈妈见了，笑道：“若是红儿能像人一样戴上真的奖章嘛……”

“会的，这世界什么奇迹都会发生的。”兰兰搂着红儿说。

击毙大老鼠

红儿和大白、二白相比，长势真是突飞猛进。到了四个多月的时候，便出落成一只大大的威严的大红公鸡了。兰兰看着头一回养出这么大的大公鸡，高兴地和妈妈说：“我说我能够当好‘小小饲养员’嘛，怎么样啊？”

妈妈看着红儿，笑着说：“主要是这鸡的品种好嘛。”然后说，“嗯，养也是很重要的呀。”

“‘小小饲养员’当得好！”爸爸听了她们的话儿，拿着称过来说，“想知道红儿多重不？”

“好啊好啊！”兰兰“咕咕”一唤，红儿便领着大白和二白“咕咕”叫着过来了。

“红儿，乖乖，看你多重。”兰兰抱起红儿放到爸爸的秤盘里，红儿稳稳地站着。

“呀——10斤还在星外！”爸爸惊喜地叫道，“头回见到这么大的鸡啊！这样吧，以后，红儿就叫‘十斤红’吧，怎么样？”

“‘十斤红’？”兰兰和妈妈都说，“好名字！”

“咯咯儿——”“十斤红”给兰兰抱到地上，像是很高兴地扬着头叫了起来。

忽然，“十斤红”箭一般地向墙角冲去，兰兰向那里看去：“呀！一只大老鼠。”大老鼠是来偷鸡食的。是只奇大的老鼠，毛都有点发红了，两眼睛发着贼光，露出尖尖的牙齿，“吱吱”叫着，也不躲闪，好像对“十斤红”说自己是天下第一大老鼠，你不要惹我！

“嘎嘎——”“十斤红”毫不迟疑和退却，好像说自己是天下第一大公鸡，和老鼠势不两立！只见它冲到大老鼠跟前飞起一脚向大老鼠击去。大老鼠闪过，张大了尖尖的嘴巴。

“啄大老鼠！”兰兰怕自己帮倒忙误打了“十斤红”，忙叫道。

“十斤红”又是“嘎嘎”一叫，兰兰知道这是它攻击目标时的叫声，但它没有用尖利的喙，依然在用脚。另一只脚紧接着击向大老鼠。大老鼠好像身经百战似的，又急忙一闪躲过。

“嘎嘎——”“十斤红”大怒了，红红的大翅膀“嗖”地向大老鼠扇去，红光一闪，大老鼠顷刻倒地。“十斤红”上前一脚，黄黄的尖尖的三枚利爪同时扎进了大老鼠的胸膛。

兰兰给“十斤红”擦去了脚上的血迹，又精心地做了个“灭鼠英雄”的“奖章”给“十斤红”戴上了。然后问：“红儿，你为什么不用你那尖利的喙啄大老鼠哪？”她习惯叫“红儿”。“十斤红”听了，把尖利的喙在地上磨了几下，“咕咕”叫着，好像回答说；“大老鼠是带有传染病毒的，不可以用嘴呀！”

狂犬病疑犯

击毙大老鼠不用嘴而用脚，兰兰觉得“十斤红”真聪敏。那它什么时候用嘴，就是用喙哪？它那尖利的喙丝毫不比老鹰逊色呢！

“该用喙的时候，‘十斤红’会知道的，”兰兰想，“它也一定会用的。”

很快，兰兰和妈妈、爸爸都发现了“十斤红”的看家本领。只要它在院子里“嘎嘎”一叫，这种攻击的叫声也是报警的声音，那就是一定来了生人。若是没有家人出来，那生人就甭想进院。一回，兰兰的老师来家访，没有在乎“十斤红”“嘎嘎”的警告，旁若无鸡地进了院子，差点儿给“十斤红”啄伤了。

“哦，‘十斤红’对人是用嘴的。”兰兰知道了。

这天放学刚到家门口，兰兰便看见好些人围着大门。近前一看，见一个孩子的手流着鲜红的血，孩子妈妈大嚷大叫着要“打死这败家的鸡”。已经回到家的兰兰妈妈忙和那人说，不要急，若是“十斤红”啄伤了孩子，一定到医院给治好。那女人仍然气势汹汹地拿出手机，点开自己录的像来，让兰兰妈妈和大家来看。

兰兰挤上去一看，是那孩子拿着树棍儿从大门的铁栏中伸到院子里反复逗弄“十斤红”，才被啄伤的。而且他妈妈就在旁边录像，没有加以制止。于是，对妈妈说：“这不能怨‘十斤红’。”那女人听了吼道：“不怨鸡，就怨你们！告诉你们，孩子以后出现什么毛病，我也找你们！”

善良的兰兰妈妈给那孩子治好了啄伤不久，那女人又来了，说她孩子得了狂犬病，是鸡啄的后果。极有灵性的“十斤红”在院子里“嘎嘎嘎嘎”地叫着，兰兰知道是它在抗议。兰兰很镇定地说：“妈妈，请警察叔叔吧！”说着拨打了“110”。那女人开始还嘴硬：“请谁，也得给我孩子治好狂犬病，因为你家的鸡是传染狂犬病的疑犯！”

“哈哈，狂犬病是鸡传染的？”警察来了，一见那女人，笑道，“你呀！别在这里胡闹了。局里有你孩子被狗咬的记录，忘了？”

那女人立即像霜打了的茄子，蔫了。

英雄救美

秋天到了，兰兰家后面的树林里的草籽成熟了。兰兰知道鸡喜欢吃草籽，便领着它们到那里。“十斤红”走在前面，找到草籽，便“咕咕”叫着，大白和二白便跟过去，“咯咯”叫着吃着。在那绿树黄草的林子里，红红的“十斤红”和白白的大白、二白显得格外耀眼。

这天，兰兰老师留的作业多了不少。兰兰在林子里陪了“十斤红”它们一阵子，便对“十斤红”说：“我得写作业去了，你知道家，太阳下山的时候，领着大白和二白回家啊！”

“十斤红”围着兰兰，“咯咯”叫着转了一圈，好像说：“放心，我会照顾好它们的！”

太阳快下山的时候，院子里传来“咕咕”的叫声。兰兰觉得奇怪，这不是“十斤红”的叫声呀！出去一看，是二白自己回来了，“咕咕”的叫声里像是恐惧和求救。

“红儿出事了？”兰兰忙操起一根木棍直扑后山。

“咯咯，咕咕——咯咯，咕咕——”兰兰叫着，很快冲到了林子里。

“咯咯……”顺着“十斤红”的叫声，兰兰跑过去，一下子愣住了：倒在草地上的大白耷拉着脑袋，翅膀上沾着红红的血迹。

离大白不远是一条很大的一身黄花的蛇，已经一动不动了。“十斤红”有些衣冠不整，地上散落着几根红红的羽毛。

兰兰马上明白了，是大蛇咬伤了大白，“十斤红”啄死了大蛇救了大白。

“咯咯咯咯……”“十斤红”向兰兰张开红红的翅膀，又低头去看大白。兰兰蹲下去搂搂“十斤红”，说：“红儿好样的！”见它没有受伤，便放下他，抱起大白回了家。

第二天一早，兰兰妈妈笑着和兰兰爸爸说：“你看见没有？你的宝贝丫头又给‘十斤红’戴上新的奖章了！”

“英雄救美！”爸爸笑道，“不错，我女儿挺有词儿呀！”

嘴擒凶犯

被大蛇咬伤的大白经兰兰爸爸上了药，几天就好了，因为那大蛇是无毒蛇。

可是，从那次打山上回家来，“十斤红”到了晚上就不肯进窝了。大白和二白在窝里怎么“咕咕”唤它，它也不进去。兰兰爸爸说，这叫“男子汉大丈夫说不进去就不进去”！兰兰说：“这是红儿担心再有大蛇一类的坏家伙来侵犯呢。”妈妈笑道：“是‘十斤红’要将英雄救美进行到底呀！”

于是，兰兰全家人尊重“十斤红”的决定，认为它的决定一定是有道理的。

“十斤红”每晚都是守在离大门不太远的鸡窝前，睡觉的时候把耳朵贴在地面上。

兰兰想起电影里侦查员把耳朵贴在地面上的情形，暗赞“十斤红”像人一样聪明。

一天深夜，兰兰突然被“十斤红”“嘎嘎嘎嘎”的叫声惊醒，紧接着是扑打和人的惨叫混合在一起的声音。兰兰爸爸拎着木棍冲了出去，见一人影在月光下踉跄着向小胡同跑去。

“是偷鸡贼？”爸爸和跑出来的妈妈、兰兰说。

这时，街上传来“抓凶犯，抓凶犯”的喊声，好多人跑出来，说有人被砍伤了。

“快报警！”兰兰看着院子里的血迹，打起“110”：“凶犯被红儿啄伤了……”

“红儿是谁？”匆忙赶来的警察急问。当知道是“十斤红”时都笑了。

兰兰急了：“叔叔别笑，你们看现场——我说这次是红儿‘嘴擒凶犯’……”

“好，若是据此捉拿了凶犯，我们就表彰你小丫头！”警察笑了。

数天后，“破获 × × 犯罪团伙庆功表彰大会”的主持人宣布：“下面表彰一位‘小小饲养员’，她养着一只神奇的大公鸡……请兰兰上台领奖！”

兰兰大大方方走到台上，行礼后，“咕咕”叫了两声，“十斤红”高昂着头跑到兰兰脚前。

“哦，这就是‘嘴擒凶犯’的大公鸡！”台下的人惊奇地说，“好威武的大公鸡啊！”

主持人忙说：“这就是大公鸡红儿，还叫‘十斤红’，因为它的体重超过 10 斤了……”

“哗——”台下立即响起了热烈的掌声。

当“十斤红”带着大奖章出现在兰兰妈妈面前时，她惊喜地抱起“十斤红”，嘴里高兴地说：“真的戴上了真的奖章啦！来，兰兰给妈妈和鸡英雄合个影。”

后来，好多人跑来和带奖章的“十斤红”合影。其中有那女人，她脸儿红红的，像“十斤红”那一身红红的衣裳。合影后，她把带来的好多鸡粮放在“十斤红”的面前……

◀ 火狐狸绑架了俺家头鹅

黎明前的山村淅淅沥沥下着小雨，黑暗中一片宁静。

“嘎嘎——嘎嘎嘎嘎……”忽然鹅的惊叫声打破宁静，压过了屋子里“哒——哒——”的电子钟秒针走动的声音。

“来偷鹅贼了！”爸爸一下子从炕上跳到地上，登上鞋子，抄起顶门的棍子冲了出去。

我见了，也一下子从被窝里爬出来，对早已打开电灯的妈妈说：“我得跟爸爸去。”

“加小心！带伞和手电，把你爸爸衣服也带去。”妈妈一边叮咛我，一边把东西塞给我。

屋外真黑，只有东山上微微发灰。爸爸已不见了踪影，朦朦胧胧中只见俺家的鹅栏的大门敞开着。几百只大鹅仍然在惊魂未定地“嘎嘎”叫着。

爸爸的判断没错！偷鹅贼真的来了。妈妈养这群鹅很不容易，而且是引进的新鹅种。这偷鹅贼太可恶了！我怒火中烧，用手电照着地上爸爸的大脚印，大喊着“爸爸”追出村去。

爸爸的大脚印向村南的老狐仙洞延伸，偷鹅贼向那很背的山上逃去？我有些毛骨悚然：村里的胡大仙总说那里有显灵的老狐仙，凡人不能闯进。我和村里的伙伴们从没有去过那里。

现在，爸爸去了，我也得去，管它什么地方！“爸爸——”我大喊着，用在学校跑1000米第一的速度追去。

快到老狐仙洞了。忽然电闪雷鸣，大雨像从天空中倒下来似的。爸爸像是听见了我的呼喊，跑了回来：“福子，你怎么来了？我们先回去吧！小心前面山上出现泥石流。”

我见爸爸给大雨浇得落汤鸡一般，忙把另一把伞和衣服递给爸爸。

“头鹅丢了！”妈妈给爸爸换上了干衣服，眼圈红红地说，“只丢了头鹅。”

“头鹅丢了？”我十分惊疑，“这偷鹅贼怎么只偷头鹅？”

“哦，”爸爸像是恍然大悟，“这偷鹅贼聪明着呢！这头鹅抵上100只鹅了……”

忽然，爸爸“阿嚏——阿嚏——”起来，妈妈摸摸爸爸的额头，忙叫爸爸上炕躺下发汗：“给大雨浇得感冒了，看，这么烫！”

村子不大，谁家有点儿小事一会儿就家喻户晓了。

还没有吃早饭，胡大仙便叼着大烟袋一拧一拧地来了。见爸爸还没有起来，就说：“大侄儿，老姑给你掐算掐算吧！”

爸爸像是说着胡话：“火，火，是火烧云，是红霞，是火……”

胡大仙盘着短短的腿坐在炕沿儿上，两只不大的眼睛眯眯着，把大烟袋由右手换到左手，右手的大拇指在几个手指上一动一动着。忽然睁开了眼睛："大侄儿，你冲到老狐仙了！"

"是、是，是像狐狸，还是、是红的……"爸爸依然像是梦话。

"那咋办呀？"妈妈书法焦急地问胡大仙。

胡大仙眼睛又咪咪上了："拿香拿纸来，我给大侄儿求求老狐仙。"

我知道，爸爸是给这早春的冷雨淋病的。我便悄悄走出屋子，跑到乡村医生家里。

胡大仙见医生来了，老脸一赤一红地起身溜了。

"亏得福子，这是重感冒。"医生看了，一边说，一边给爸爸扎了一针，又留下了药。

头晌，雨过天晴。正好是双周日，我查找了鹅栏到村南路上的踪迹，除了爸爸和我的脚印，只有一行野兽的踪迹。

"火狐狸！"我明白了，是火狐狸偷去头鹅。头鹅是家里几百只鹅的"头儿"，爸爸妈妈常说"人无头不走，鹅无头也不走"。我假期里放过它们，真的这样的。头鹅对家里的大鹅群特重要，我得找回它！

找头鹅，就得上老狐仙洞。爸爸病了，我就是家里的男子汉了。我不能信胡大仙说的那些迷信的话。我悄悄地带上自己的弹弓子，口袋里多装了几枚"子弹"，拎起一把大砍柴刀，循着火狐狸的踪迹上了老狐仙洞。

老狐仙洞真的有一个大大的黑黑的洞，远远看去叫人觉得瘆得慌。火狐狸的踪迹没有到洞口便在一层厚厚的林下叶子上终止了。

“火狐狸哪里去了？”我正四下张望，忽然“嘎嘎——”两声从一株大柞树下面传来。

是头鹅，头鹅还活着！我兴奋极了，忙“鹅、鹅”叫着向大柞树奔去。

我一边跑着，一边拨开浓密的树叶。终于看见白白的大大的头鹅了！正想上前抱住头鹅。突然，一片红光忽地升起。我定睛一看，是一只大大的火狐狸！身上的毛一片火红。

我马上放下大砍柴刀，麻利地把石子放进弹弓子的兜里，拉开瞄准了火狐狸。心想，火狐狸如果对头鹅下毒手，我一枚石子就会打瞎它的一只眼睛，再一枚石子就会打瞎它的另一只眼睛！这是自己从小练就的指哪打哪的“射击”功夫。

火狐狸站在头鹅那里，没有躲闪，没有动一下，瞅瞅我，然后一只爪子轻轻地搭在头鹅的尾巴上，一只爪子刨着地。

我仔细看看火狐狸刨的地方，呀——那是一个陷阱的边儿！我霎时明白了：火狐狸没有伤害头鹅，一定是想求我们救它掉进陷阱的伙伴！这是善意的“绑架”啊。我此时也没有了一丝的胆怯，走近陷阱边儿，拨开上面的树枝，看清了陷阱里是一只小一些的火狐狸。

陷阱不深，但是竹签子穿透了掉进陷阱里的火狐狸的肚子。我下到陷阱里，把奄奄一息的火狐狸抱起来，再举出陷阱。

陷阱边儿的大火狐狸放开了头鹅，用舌头舔着受伤伙伴的伤口，嘴里“呜呜”地叫着，像是在哭。受伤的火狐狸用力睁开眼睛，瞅瞅舔着它伤口的火狐狸，“呜呜”两声，头一歪，不动了。

大火狐狸嘴里“呜呜”着，用两只前爪挪来树枝往刚刚死去的伙伴身上盖着。

我看得愣住了，很快明白了。便用大砍柴刀砍下一大堆树枝，然后盖在火狐狸身上。不一会儿，一座火狐狸坟造成了。大火狐狸瞅瞅我，眼里竟然流出了泪水！

我抱过头鹅，头鹅“嘎嘎”地叫了两声。我刚想离开，大火狐狸又“呜呜”叫着，有节奏地拍打着地面。我站住了，只见一阵轻轻的脚踩树叶声音里，走来六只小火狐狸。他们呆呆地看着火狐狸坟一阵子，都围在了大火狐狸的脚下。

大火狐狸看看小火狐狸，又看看我，再看看我怀里的头鹅，眼光里一片的求助。我知道了，那死去的火狐狸是小火狐狸们的妈妈，大火狐狸是小火狐狸的爸爸。大火狐狸“绑架”头鹅，不仅是求助我们救救小火狐狸的妈妈，更救救它们的孩子！因为它们失去了妈妈，爸爸没有乳汁来养活它们。

瞅着大火狐狸，我的眼睛湿润了，原来，动物的母爱和父爱也这么伟大啊！我放下头鹅，抱起一只小火狐狸，它竟用自己的小舌头舔着我的手，热热的暖暖的。

我放下小火狐狸，对大火狐狸说：“我回家请爸爸一起来，你们不要离开这里！”

大火狐狸听懂了我的话，头用力点了一下。

“头鹅回来了！”妈妈高兴得掉下了眼泪，爸爸也一下子爬了起来。

“我们快去接小火狐狸。”爸爸说，“它们是野生的，是国家保护的动物，我们不能自己豢养，得交给国家。特别是这火狐狸是更稀有的野生动物，我们送它们到野生动物保护站。”

6只小火狐狸不到一年就都长成了大火狐狸，像6朵红红的云。当野生动物保护站将它们放归老狐仙洞时，大火狐狸远远地迎来。站长叫我和爸爸妈妈走在前面。那大火狐狸在我们面前像下跪似的趴了下来。站长说，火狐狸在感谢你们哪！在人群里的胡大仙笑着说：“我说狐狸显灵嘛！在小火狐狸住进野生动物保护站的第二天以后，福子家门口就常常摆着两只胖胖的野兔。”站长笑道：“这是火狐狸聪明和报恩，动物都是这样的。我们要在老狐仙洞建立火狐狸保护区，请乡亲们都能够像福子和福子爸爸妈妈一样做保护野生动物的模范！”

人群里响起了一阵热烈的掌声……

◀ 红眼耗子“光临”

夜深人静，墙上电子钟“嚓嚓”的声音清晰地响着。早已做完作业的苏大名依然在摆弄着手里的“机器”，看一眼电子钟，已经12点过了！可这“机器”就是不能一触即发，这就是没有实验成功！

“发明真的不容易呀！”苏大名自言自语着，看着“机器”，紧锁着眉头。

“吱吱吱吱……”忽然窗台外面传来声音，“请打开窗子，接我进去！”

这声音比电子钟的声音大不多，苏大名立即听见了，向窗台瞅去，一下子愣住了：是老鼠！红红的眼睛在黑夜里格外地光亮，“红眼老鼠”！而这老鼠与自己常见的老鼠又有点儿什么差别，最大的差别是会说话，而且礼貌用语中带有强制性。

苏大名正想着，红眼老鼠用两只前爪“啪啪啪啪”地拍起窗户的玻璃来了：“不要以为我是老鼠！快接我进去！我会给你某些灵感的，你也不必煞费苦心地弄那个‘机器’了！”

这家伙知道我在做什么！看来不是真的老鼠，也许真能帮助自己解决学校的燃眉之急?

苏大名打开窗子，红眼老鼠一下子便跳到了桌子上。

"'红眼老鼠'来了！"苏大名瞅着红眼老鼠说，"你竟然会说话，会跳远……"

"请不要叫我'红眼老鼠'，也不能说'来了'，要说'光临'！"红眼老鼠面带愠色，"我不喜欢'老鼠'的字眼，老鼠是什么'四害之首'，'老鼠过街人人喊打'，没有谁喜欢老鼠的！特别是你们学校发生了一件令人作呕的事情……"

"呕——"苏大名条件反射，捂着嘴差点儿呕吐起来。

红眼老鼠缓和了口气："你不叫我'红眼老鼠'，我也不提令人作呕的事情了。"

不提，也不能忘记呀！苏大名就读的黑瞎子背学校坐落在黑瞎子岭下，可能是连日大旱的原因，岭上的田里的老鼠都跑进了学校，一时间鼠患大发，弄得鸡犬不宁。学校老师号召大家灭鼠，同学们拿灭鼠药的，拿捕鼠夹子的，消灭了不少老鼠，可老鼠却不怎么见少，那死老鼠哪里都看得见，有一回竟然在大饭锅里发现了一只！害得同学们没有吃到饭只吃了菜，而且一想到那饭锅里的老鼠，便都恶心想吐。同学们围住苏大名说，你好像是苏小明的弟弟，大歌星的弟弟应当是"灭鼠星"呀！是不是"星"无所谓呀！可自己是副班长，是管生活的班长，责无旁贷啊！所以，一直在弄个"机器"……

"这个'机器'不会管用的，"红眼老鼠看着"机器"说，"现在老鼠的智商在提高，你即使发明成功了，管用一次，也管用不了二次的！”

苏大名知道红眼老鼠的话儿不无道理，但没有直接回答，而是问道：“不叫你‘红眼老鼠’，那叫你什么？总得有个名字才好嘛！”

“嗯，‘红眼’也不好听。你叫我‘赤目耗子’吧！‘赤橙黄绿青蓝紫’七色光里的‘赤’是红的意思，还排在首位。就这样定了！”

呵，这红眼老鼠还有点儿文化呢！苏大名想着，点头，但心里想村里人常说有种“红眼耗子”，自己就叫叫他“红眼耗子”吧。

“哦，红眼耗子！”苏大名见红眼老鼠瞪了他一眼，忙改口说，“赤目耗子，你知道我们学校的事情，你为什么不改变耗子的模样？还以耗子的形象‘光临’？”

红眼耗子瞅瞅自己：“哦，我是打到耗子堆里‘卧底’，堡垒不是最容易……”

苏大名暗笑：这红眼耗子智商真的不低，便说：“我想，你不是地球上的耗子……”

“你想说我是‘外星耗子’什么的？这万万不可！”红眼耗子很严肃地说，“地球人对外星动物特感兴趣，我不能，你也不能拿我的生命当儿戏！”

苏大名笑道：“那你答应我，帮助我解决学校的鼠患！”

“我当然会答应你的，”红眼耗子点头，“我深夜光临，就是这个意思嘛！其实，我不答应你，你们人也不能奈何我的！你自然知道我的本领。”

苏大名笑了：“你答应就好。请说，怎么办吧？”

“我当然胸有成竹了，”红眼耗子答道，“但我对一些人很缺乏信心，因为他们不诚信！不知道你是不是这样的人！一般来说，小学生和中学生还没有受到污染，还是很不错的……”

苏大名很认真地接过红眼耗子的话儿：“那就请你考验考验吧！我不会‘王婆卖瓜’的。”

“不‘王婆卖瓜自卖自夸’好！”红眼耗子说，“请记住，我给你3次机会。第一次，明天早上5点，在窗外我告诉你办法。”

“明天早上5点？！”苏大名刚重复着，红眼耗子便不见了。

因为夜里睡得晚，苏大名睁开眼睛，就5点了！他忙披着衣跑到窗外，不见红眼耗子，只见一张字条：你迟到一分钟！

第二天早上，苏大名提前半小时到了窗外。5点整，一张字条落在他面前：“你早到半小时，浪费了宝贵的时间！”

哦！苏大名明白了，约定的时间，不能迟到，也不应当过早地到达。第三天早上5点整，他终于见到了红眼耗子：“早上好，赤目耗子！谢谢您的光临！”

“哈哈，我这是第四次光临了。”红眼耗子笑道，“这就对了，准时，不浪费自己的时间，更不浪费别人的时间，这才是诚信的表现。”

苏大名急着听红眼耗子的“办法”，红眼耗子笑了：“做什么事情都要节省时间，时间是不可再生的资源。我认为，消除鼠患，用原生态的办法是上策，药物灭鼠是下下策。很多东西是天机不可泄露的……”

这红眼耗子卖关子哪！苏大名正这样想着，红眼耗子递过一张叠着的字条。

苏大名打开了，红眼耗子不见了。

先照着字条写的做。苏大名把自己的零花钱拿出来，又和同学们说明了这一新的灭鼠方法，大家都觉得这主意不错，便和苏大名一起跑到药店买回了巴豆，再照着红眼耗子说的磨碎掺进加了香油的食物里，黄昏时放到老鼠常常出没的地方。确切地说，学校所有的老鼠出没的地方都“覆盖”了。

香油是老鼠最喜欢吃的东西，巴豆经过加工也没有了异味，老鼠便如获至宝，纷纷抢食。

早上，苏大名早早赶到了学校。在学校大门口，就看见了几只大老鼠踉踉跄跄地一步三晃，有的趴在地上苟延残喘。

“哈哈，红眼耗子立功了！”苏大名高兴地叫了起来。

“什么？红眼耗子立功了？”随后赶来的同学们问苏大名。

“我说红眼耗子‘立空’了。你们看！”苏大名忙遮掩道。他不能暴露红眼耗子，虽然这是红眼耗子的功劳！

原来，那一带把“立空”的一个意思弄成了“完蛋”。见到老鼠们一个个完蛋，同学们一边收拾老鼠，一边夸奖苏大名真成了“灭鼠星”。

“灭鼠星”是红眼耗子，苏大名心里想着，嘴上不能说。放学回家，才打开电脑，照着红眼耗子留给自己的字条上的地址“W.COM”找到了红眼耗子，说“灰常感谢”，红眼耗子回道“不用感谢偶”……两个在网上用起了“网语”来。

红眼耗子告诉苏大名，巴豆是泻药，“好汉架不住三泡稀屎”，老鼠当然架不住了！

苏大名说，我一直没有说出你赤目耗子的大名，若是说了，你的粉丝一定会许多许多的。

“不是‘人怕出名猪怕壮“吗？”红眼耗子的回道，“我不要出名，也不要粉丝……”

苏大名很感动，在键盘上敲起了“欢迎红眼耗子再次光临”，马上又纠正，“打错了，是‘欢迎赤目耗子光临’！”

◀ 拣来的黑虎

炫目的闪电刚刚掠过，骇人的炸雷便在屋顶上“咔嚓——轰隆隆”地响起。祖忠妈捂住耳朵望着大雨倾盆的窗外，有些歇斯底里地叫着：“小祖忠，你怎么还不回来？还……”

“妈妈，我回来了！”一个落汤鸡似的孩子推门闯了进来，雨水从头上直往下滴。

祖忠妈不顾这些，扑上去抱住孩子：“小祖忠，快把妈急死了！以后可不准这天跑出去！”

“妈妈，没事的！”小祖忠给妈妈擦去泪水，说，“妈妈，我看见河里有头小猪……”

在里屋拾掇渔具的爸爸听了，马上问祖忠：“什么小猪在河里？”

祖忠从妈妈的怀里抽出身来：“爸爸，是一头特别瘦小的小黑猪，在南河套大柳树下的窝子里挣扎，我去救它，那深深的漩涡水差点儿把我卷进去。爸爸，快去救救小黑猪吧！”

“走！”爸爸披上雨衣，操起他捕鱼用的渔捞子，往外就走。

“我也去。”祖忠不顾妈妈吆喝，跟着爸爸跑出门去，很快消失在雷雨中。

“老婆，我们回来了！”工夫不大，祖忠爸爸抱着小黑猪，领着祖忠推门进来了。

祖忠妈妈惊讶道：“这、这好像是东头道上隋大虎家的，听说这小黑猪都快一岁了，就是不长，和它一起下的猪羔儿早就成了大肥猪了。我看一定是他家把它扔了……”

“哎，老婆快拿感冒药来，这小家伙身上发烫呢！”爸爸打断妈妈的话儿，“他扔了我拣来，好赖这也是条命呀！我们得养活它。”

祖忠乐呵呵地一边拿来温开水，一边说：“爸爸真有办法，站在河岸上，一甩渔捞子就把小黑猪捞上来了。谢谢爸爸救了小黑猪！”

小黑猪很快不发烧了，一精神起来就在祖忠的小屋里溜达，还把祖忠放在地上的鞋子拱得东倒西歪。可它不往屋子里方便，一有了就叫，要跑到外边去，而且到垃圾堆上才方便。

爸爸妈妈很高兴，可小黑猪不管喂得多么精心，还是不长，就像刚刚生下来那么大。

爸爸笑了：“小祖忠，你不是喜欢宠物狗吗？这回咱们有了宠物猪了！”

祖忠乐呵呵地点头：“爸爸，以后这宠物猪我来养，放学后我去打猪草采猪菜。”

祖忠在班上学习好，没有什么压力，放学后就伺候小黑猪。

小黑猪也和他形影不离，像个跟屁虫。祖忠说自己有了保镖。常常像别人抱着宠物狗那样抱着小黑猪。

不知过了多少天，这天早上醒来，祖忠惊呆了：小黑猪突然长大长高了许多!

爸爸给小黑猪做的小房子装不下小黑猪了，小黑猪便晚上趴在祖忠鞋子旁边，但它不再拱鞋子了，就那么老老实实地趴着。祖忠写作业的时候，它就盯着祖忠看着。

也就从这天起，小黑猪不再小了，每天都长大长高许多，很快就有大猪那么大了。“小黑猪，你该到爸爸在外面给你搭的猪栏里去了。好不好？”

小黑猪像是听懂了祖忠的话儿，双眼瞅了会儿祖忠，慢悠悠地走到外面的猪栏里了。

“小黑猪能听懂我的话儿！”祖忠对爸爸妈妈说。

爸爸妈妈都说：“动物都有灵性，都通人性的。我们好好养着它。”

“哈，你们、你们偷了我的猪！”这天，隋大虎跑来了，对正在喂小黑猪的祖忠叫道。

祖忠放下刚刚采来的猪菜：“隋叔叔，不是我们偷的，是我们在河里拣的。”

“你们老师就这样教你的？”隋大虎怒火中烧，咆哮起来，“什么好学生呀！”

没等祖忠再说什么，就听小黑猪“呼”的一声，从猪栏里跳了出来，直奔隋大虎。

隋大虎见小黑猪嘴大张着，马上就咬到自己了，吓得“妈呀”一声，扭头便逃。

祖忠忙叫道：“小黑猪，快回来，快回来！”

小黑猪朝着隋大虎逃去的背影叫了两声，乖乖地回到猪栏里。

第三天一早儿，祖忠习惯地到猪栏看小黑猪。“呀！小黑猪不见了……”

“一定是隋大虎偷去了。”爸爸说着，就奔隋大虎家去。

“爸爸，爸爸！”祖忠拉住了爸爸，“您先别去，我去看看，回来告诉您！”

祖忠回来了：“爸爸，小黑猪没有在隋叔叔家里，可隋叔叔病了，说是受了惊吓。”

“哦，是给小黑猪惊吓的吧？”爸爸沉思起来，“怎么办好哪？”

祖忠眼睛一闪：“爸爸，我有办法了。”

爸爸知道祖忠会办事，就点头说：“就照儿子的办法办。”

第三天一早，小黑猪奇迹般地出现在猪栏里。祖忠喂好了它说:“你原来的主人病了，我得把你送回去了。你要听话，回去啊！他当初扔了你，是因为你一直不长大。别怨恨他。”

“隋叔叔，”祖忠领着小黑猪到了隋大虎门前，“祖忠我送猪来了。”

“咳咳——”隋大虎干咳两声，叫道，“你、你是谁祖宗？小东西！”当他走出门来，惊喜了，真的是给他送猪来了，便转怒为喜，什么话儿也不说了。

隋大虎很快好了，爸爸正夸奖祖忠做得对的时候，小黑猪回来了。祖忠赶它也不走。

“别赶了，他见我好了就绝食起来。还是你们养着吧！”隋大虎赶来了，满脸堆笑说。

爸爸说：“那好吧！他隋叔叔，我们给你猪羔儿钱。”

“我扔的你捡的，给我什么钱？”隋大虎说着，走了。

不久，小黑猪生下一窝猪羔儿来。爸爸明白了那天小黑猪跑出去的原因了。妈妈说，这些天，山里的狼叼走好几家的猪羔儿了，俺们得多加小心才是。爸爸忙把猪栏加高了，又提醒自己晚上睡觉机灵点儿，还准备了一根木棒。

忽一天夜里，猪栏里传来异常的响动。祖忠一骨碌从炕上爬起来，爸爸也起来了，拿着木棒冲了出去。祖忠打着手电一照，猪羔儿一个不少，小黑猪却不见了。

“爸爸，地上有血迹！”祖忠叫道，“是小黑猪追狼去了！”

爸爸点头：“我们顺着血迹追！”

血迹向山上的密林延伸，祖忠爸爸追到林子里，忽见小黑猪依偎在一棵大树上，大口大口地喘着粗气。“小黑猪，你受伤了吗？”祖忠见小黑猪眼睛死死地盯着一个地方，便瞅去，他吓了一跳：是只大灰狼！大灰狼已经躺在血泊里了。

“害人的家伙！”爸爸抡起木棒，奔向大灰狼。

“爸爸，爸爸，别打死大灰狼！”祖忠叫道，“送它到公园里啊！”

爸爸站住了，放下木棒：“儿子说得对。小黑猪真英雄啊！

自己虽然受了点伤，但制服了大灰狼！儿子，就叫小黑猪‘黑虎’吧！”

“黑虎？好名字。”祖忠俯下身去，“黑虎，你真棒！我们回家。”

黑虎好像很喜欢这名字，昂起了头，跟着祖忠出了密林。后面是背着大灰狼的爸爸。

小山村的乡亲都跑来了，说祖忠和爸爸拣来的黑虎真了不起！一个外来人忙和祖忠爸爸说要买大灰狼，爸爸叫他问祖忠，祖忠说狼也是国家保护的野生动物，得送给动物园。

放假的一天，祖忠领着黑虎和黑虎的娃娃们晃晃荡荡地向几里地外的动物园走去。

动物园的守门员拦住祖忠，祖忠指着黑虎说：“叔叔，我是祖忠……”

“你、你是谁的祖宗？”守门员看着祖忠胳膊上的“三道杠”不满地问，“还大队干部呢！怎么这样说话呀？懂点礼貌好不好？”

“哈哈，”这时，祖忠的班主任走了过来，“这是我的学生，姓祖名忠，‘祖国’的‘祖’，‘忠于’的‘忠’。这黑猪叫黑虎，是黑虎捉的大灰狼……”

“哦，是这样啊！”守门员忙点头哈腰，“你快请进、请进吧！”

“谢谢老师！”祖忠给班主任敬了个礼，便领着黑虎和猪羔儿们到了大灰狼的狼舍前。

大灰狼见了黑虎，立即耷拉了脑袋，还用嘴舔了舔自己已经好了的腿上的伤口。

祖忠笑了。游人们围拢过来，要求与祖忠、黑虎合影。黑虎站在祖忠身边，眼睛和蔼地瞅着照相机。后面的大灰狼偶尔偷着瞅瞅照相机，马上又躲到一边去……

◀ 课堂上响起彩铃

新来班主任的第二堂课，同学们很期待。因为她儒雅幽默，第一节课给同学们留下了极美好的印象：她大家闺秀的模样，抬了抬鼻梁上的金边眼镜，银铃般的声音说，我的名字“丁一一”，是3个字名字中笔划最少的，吉尼斯世界纪录正在阅批。其实，老人家起的名字是“丁依依”，我觉得有点儿“小资”，便改“依依”为“一一”，意为做什么都要一心一意。尽管街道、派出所跑了几个来回，还是乐此不疲。我给同学们一个“画外音”吧，影视戏剧爱有这东东：想改名字的同学们，请在办理身份证前和存储电子档案前进行！

丁老师来了！问候之后，在黑板上写了几个字：失物启事，隔壁9班同学失落一手机……

“报告老师！”大个子男同学耿耿站起来，“老师，‘启示’应为‘启事’，谢谢！”

“哦，”丁老师笑了，“耿耿，你忘了我是学数学专业的数学老师了？语文老师绝对不会犯这样的低级错误的！”

耿耿笑了，同学们也笑了："是啊，数学老师这样写无可厚非，手机丢了，启示一下嘛！"

丁老师瞅瞅同学们："谢谢同学们善解师意！实际上啊，我是故意这样写的！看看同学们能不能看得出来，所以谢谢耿耿！对老师的'错误'就应当耿直地指出。嗯，还有，我的字不好。都是电脑惹的祸，打字很熟练，写字都不怎么熟练了。如果是语文老师，这就不可以了！汉字是中华民族的艺术瑰宝，我们一定要写好它。我把小学分为3个阶段，你们'高小'就是小学的'大学阶段'！建议你们好好学习书法，学好汉字。"

"哗哗哗哗……"同学们鼓掌，丁老师也鼓掌。

丁老师的课进行得异常顺利，别的老师讲30分钟，她只用20分钟，其余都是同学们的"自由"了，可以自由向她提问，可以自由做题，可以自由研究。

忽然，"山川给我跳动的脉搏，阳光给我青春的光泽。我的生命奔流不息，远方的大海呼唤着我"的歌声在课堂上响起来，因为这时候很静，歌声便异常响亮。

"哦，彩铃！"平时很喜欢音乐的同学们叫她"张惠妹"的张慧美小声说道，显得异常高兴。

"谁的手机呀？"丁老师用镜片后面一双明亮的大眼睛向发出彩铃声音的书桌看去。

张慧美站起来回答："老师，是、是易芳芳的。"

丁老师瞅着易芳芳，问张慧美："你离她这么远，就听出来是她的手机？"

“老师，我对音乐极度敏感。”张慧美，“我能够唱得和这彩铃一样的。”

“是啊，‘张惠妹’嘛！”耿耿等男同学笑起来。

“山川给我跳动的脉搏，阳光给我青春的光泽……”

易芳芳早就站起来了，从书桌里找出了手机，关了彩铃：“老师！这手机不是我的，因为我没有手机，也不想带手机，手机辐射，对大脑有伤害的呢！”

丁老师瞅了一眼，觉得奇怪：那这手机怎么会跑到易芳芳的书桌里呢？

耿耿像是明白了老师的意思，笑着说：“这是‘魔法手机’吧？我看了不少儿童文学作品，有魔呀法呀，还有女巫什么的。对了，是哪个女巫变来的！”

“什么女巫啊？”张慧美不高兴地说，“我最烦这样的所谓作品了！要把我们引到哪里去啊？长大都成为魔呀法呀女巫吗？”

丁老师示意张慧美坐下：“‘张惠妹’说得有道理，同学们要选择好的作品来读。”她也叫了“张惠妹”。

然后，丁老师指了指已经改过来的“启事”。

耿耿站起来：“老师，应当先弄清楚这手机是怎么来的，然后再送给9班同学。”

“有道理，”张慧美接着说，“这一定是易芳芳想做了好事不留名……”

易芳芳忙说：“这手机真的不是我拾到的！我不能贪天之功

为己有。”

“那怎么会在你的书桌里？”耿耿以怀疑的口吻追问。

易芳芳的瓜子脸顿时泛起了红晕：“我、我……哎，刚才掏出手机，好像有张纸条。

说着，易芳芳伸手掏了出来：“老师，您看！”

“芳芳，给你个惊喜——你今天就会受到老师的表扬了！我们组也会‘优秀’了。”

丁老师看罢，问道：“哪个同学写的啊？”

课堂上顿时鸦雀无声，一片宁静。

“老师，”易芳芳打破沉寂，“我知道，是我们小组的同学。因为原来的班主任规定小组优秀‘一票否决’，就是有一个同学得不到老师的表扬，就取消……”

丁老师截住易芳芳的话：“易芳芳，请你和耿耿同学把同学们的数学作业本齐上来。”

同学们不明白，手机和作业本联系上了？张慧美明白，这聪明的丁老师再核对笔迹！

于是，张慧美先发制人：“老师，我的数学作业本落家里了。”

“那你一定知道这手机是哪里来的了！”丁老师说得很肯定。

耿耿马上接着丁老师的话说：“老师说得对！张慧美和易芳芳是一个组的，还是小组长。”

张慧美回头盯了耿耿一眼：“别来冒充福尔摩斯！少说一句不行啊？”

“回答老师的话啊！”丁老师很和气地说，“用我再叫一声‘张惠妹’吗？”

张慧美站了起来：“老师，您不用收作业本了！”

“哈，好！”丁老师微微一笑，对张慧美说，“坐下吧！”

课堂上又静了起来。

“同学们，”丁老师说话了，“这节数学课已经学完了，还有 10 分钟时间，我们学学福尔摩斯‘破破案’，好不好？”

同学们知道老师已经破了“手机案”，都又鼓起掌来。

“我想，”丁老师说，“易芳芳和耿耿将来都会成为破案能手的，先请耿耿说说吧。”她对同学也说“请”，同学们都倍觉温暖。

“谢谢老师！”耿耿站起来，“答案是：这手机是张慧美同学拾到的。那为什么跑到易芳芳的书桌里了哪？因为，张慧美一直是争强好胜，这不太恰当，是务实争先吧！当她拾到这手机后，把‘做好事’的机会给了易芳芳……”

易芳芳接过耿耿的话：“我说几句啊！”然后给丁老师行了举目礼。

丁老师点点头，易芳芳说：“我明白了张慧美的心意，一次也受不到老师的表扬真的是悲哀的事儿！这更关乎小组‘优秀’的问题。只是这好事不是我做的，我不应该……”

丁老师摆摆手，温和地说：“我们民主一下，张慧美拾金不昧，易芳芳实事求是，同学们说，该表扬谁哪？”

又是耿耿先发言：“她们是‘一根绳子上的两个蚂蚱’，哎不对！都心灵美吧！都该受到老师的表扬。”

“都该……”同学们一起叫了起来。

“那就尊重同学们的意见，”丁老师一看表，“正好下课。”

易芳芳和张慧美见丁老师笑着瞅瞅自己，走到一起，拿着手机向9班跑去。耿耿在后面大叫道：“一个优秀小组就要诞生了！请叫彩铃再响起来啊！”

“山川给我跳动的脉搏，阳光给我青春的光泽。我的生命奔流不息，远方的大海呼唤着我……”

爱鸟周里的掏鸟案

艾飞飞今儿个起了个大早儿，太阳还没有爬上东山口的时候，就登上了去学校的必经之路——元宝山小道，他和他的同学根据“某某某小道”都这样叫起来。

元宝山小道两边都是茂密的林木，“小满”时节是留鸟和候鸟聚集的乐园。艾飞飞就是为了鸟而起得早，因为学校的“爱鸟周”已经到了第五天头上，他还没有一点儿“爱鸟”的成绩！若是今天在这里遇见什么鸟需要救助的机会，自己便“见义勇为”而一举成名了。

艾飞飞就这样想着，走着，看着。“真是‘小满鸟来全’呀！这么多鸟在叫在唱，和道旁盛开的山花融合成典型的‘鸟语花香’……”他忽然提示自己，不要用心思想这些，好好看看发现“见义勇为”的机会——比如打蛇护鸟啊、救助受伤的鸟啊等等！

可是，艾飞飞快下了元宝山小道了，也没有看到这样的机会。他很沮丧，白白起早了。

“喳喳喳喳……”当艾飞飞垂头丧气地下了元宝山小道时，

山上喜鹊的叫声使他立即精神起来，“喜鹊遇见危险了？”他欣喜地想着，同时马上回头仰望山上。

“呀！”艾飞飞几乎惊叫起来，那画面很快在他的大脑里定格，“是一个人向大杨树上的喜鹊窝爬去。掏喜鹊蛋？掏小喜鹊？反正不是干好事的！”

哈哈，是自己见义勇为的时候了！艾飞飞一边兴奋地想着，一边紧了紧书包的背带，返向元宝山小道。走了10几步，他突然停了下来：上树的竟是自己的邻班同学仇森！这家伙人高马大，全校有名的摔跤大王，自己在他面前“见义勇为”真真是以卵击石！

怎么办哪？艾飞飞脑袋急忙转了起来，忽然想起智取来，怎么智取？头几天在学校的阅览室看“36计”时有“借刀杀人”，意思是自己不用出面，假借别人的手去达到自己的目的。特别是仇森这家伙不够同窗意思，年前那次数学大赛自己和他邻桌，问他一道题他说什么也不告诉，结果那次自己丢人现眼……

想到这里，艾飞飞停住了脚步，脸上露出了一丝笑容。

次日间操，学校负责“爱鸟周”的刚从别的学校调来不久的李老师悄悄把艾飞飞叫到自己的办公室。“现在，办公室里没有别人，你把仇森‘掏鸟案’详细说说。”李老师把“仇森”的“仇”说成“仇恨”的“仇”。艾飞飞心想，这年轻的老师竟把人家的姓读错，啥水平呀？

见艾飞飞没有立即回答，李老师笑道：“仇森，仇森，仇恨鸟也！你的举报一定是真实可靠的。你的名字就是爱鸟的名字呀！

‘飞飞’就是鸟嘛！老师相信你。”

见李老师联想加“之乎则也”，艾飞飞心里想笑，笑老师的说话，笑自己“借刀杀人”即将成功。于是，便向李老师汇报说：“昨天一大早，仇森爬上元宝山小道的大杨树上。我远远地望见，他爬到了喜鹊窝那里，直起身子，一只手把住树枝，一只手向喜鹊窝里伸去。两只大喜鹊在窝的上方‘喳喳喳喳’地大叫……”他把“仇森”的“仇”也说成“仇恨”的“仇”，在那瞬间他想到了李老师的面子，不能叫李老师尴尬了。

“哦，很好。”李老师说，“还得有别的证据。比如，仇森掏了几个喜鹊蛋，或者掏了几只小喜鹊……”

艾飞飞想了想：“嗯，看不太清楚。但我听到了仇森和一个人说话了，虽然不太清楚，可听得是那个人说‘谢谢’，而仇森说‘不用谢’。我想那个人是鸟贩子……”

李老师接过艾飞飞的话：“有道理，这仇森掏了喜鹊的蛋或小喜鹊卖给了鸟贩子！”

中午，学校的广播响了起来，是李老师的声音：“同学们，今天是我们学校‘爱鸟周’的第六天。我这里不讲我们学校所取得的成绩，只是想告诉大家一件令人痛心的事情：在‘爱鸟周’第五天的早上，竟然发生了一件‘掏鸟案’……”

李老师没有点名，说是为了照顾掏鸟同学的面子，但是这掏鸟的同学应当主动承认自己的错误。学校将根据“犯罪嫌疑人”的态度做出相应的处理决定。他说完，马上纠正“犯罪嫌疑人”为“犯错误嫌疑人”。同学们听了，都悄悄地笑。艾飞飞一脸的得意，心想听到李老师讲话的仇森会是什么脸色呢？惊恐？沮丧？

放学后，艾飞飞故意走近仇森，却见仇森若无其事似的，那圆圆团团的大脸上哪里有惊恐和沮丧呀！“呵——这家伙作贼不心虚！哼，到时候就该‘蚂蚱的眼睛——长长了’！”

仇森像什么事情也没有发生，艾飞飞却是想这想那。是不是仇森没有听见李老师的讲话，是不是仇森在“装”？到了元宝山小道，艾飞飞更加注意观察仇森了。

“喳喳喳喳……”快到大杨树那里的时候，两只大喜鹊叫着飞了过来。

一定是找仇森“报仇”的！艾飞飞正幸灾乐祸地想着，忽见两只大喜鹊分别落在了仇森的左右肩上。“喳喳喳喳……”一边叫着，一边扇动着翅膀，像是叫着“谢谢谢谢”，像是给仇森山扇着风，因为仇森登山走得快，脸上已经流出了汗水。

艾飞飞在后面见了，惊奇地张大了嘴巴：这喜鹊是仇将恩报呀！

艾飞飞把这些向李老师做了报告，李老师也觉得惊奇：怎么会有这样的事情哪？

“我得单刀直入了。”李老师把仇森叫到自己的办公室，“你上了元宝山小道的大杨树掏了喜鹊蛋，还是掏了小喜鹊？和老师如实说说。一周后，就要处理这件‘掏鸟案’了……”

谁知，不等李老师说完，仇森便打断了李老师的话，问起李老师来：“上有喜鹊窝的树，就是掏喜鹊蛋，或者掏小喜鹊？难道就不能有别的吗？”

李老师给突然问住了，半晌儿才说：“不要问老师什么了！老师是在给你机会的……”

“那就请李老师相信我，我不会给班级给学校给我自己抹黑的！”仇淼没有做别的解释，走了。

李老师只好和仇淼的班主任说了，班主任说仇淼是班里的好学生，相信仇淼的话。

敬酒不吃吃罚酒。李老师心里想，这事情关系到班级，班主任自然会站在仇淼一边的。那就公事公办吧！特别是自己刚刚来到这所学校，得树立自己的威信。

过了一周，学校的“爱鸟周”总结表彰大会如期举行。

这是元宝岭小学校的一次隆重的大会，村里干部来了，乡里的教育助理也光临了。

李老师唱主角，他在校长主持后，走到操场的讲台上：“各位领导，各位老师，各位同学：今天的大会与往常的大会不同，有表彰，也有通报批评……”

忽然，“喳喳喳喳……”的声音由远而近，很快两只大喜鹊和六只小喜鹊“呼啦啦”飞来，在仇淼的头上叫着盘旋着。

李老师惊奇地停住了讲话，想起艾飞飞说的元宝山小道上的情形，觉得颇有些蹊跷，也许自己原来的判定是不正确的。便和校长耳语了几句，校长没有明白，便说接着开会。

“现在继续开会……”当李老师宣布“爱鸟周”先进班级时，仇淼的一班无名，仇淼想起李老师一周前的话，知道是自己惹了祸，便站了起来。班主任忙拉住了仇森，叫他坐下。

“现在宣布对五年一班仇森‘掏鸟案’的处理决……”李老师的“定”还没有说出来，喜鹊们呼啦啦飞了过去，围住了李老师。

“小精灵们，不得无礼！”随着洪亮的话音，村里的护林员高大伯跑来了，喜鹊们听到了他的叫声，一起飞到了他的身边。

“对不起了！”高大伯走到讲台下，“我说句话：仇森不是掏鸟，是送受伤的小喜鹊……”

听高大伯讲了仇森救助小喜鹊的经过，同学们都鼓起掌来，村干部和乡助理也鼓起掌来。

李老师顿时显得十分尴尬，忙问校长。

校长从讲台上走下来，拉起仇森和他的班主任。操场上响起了更热烈的掌声……

蛐蛐声声

“同学们，今天这节课是我们的第三节‘课外课’。主题是双向交流‘豪言壮语’……”

这是刚到3周的8年3班班主任兼任语文课的端木老师的开场白，60名同学鸦雀无声，连呼吸的细微声音都听得见。这是因为新老师的新课给同学们带来了全新的感受，就是原来最不喜欢上语文课的几名同学也喜欢这样的语文课，都在洗耳恭听。

“呿呿——呿呿——”忽然教室里响起了蟋蟀的叫声，在静静的课堂上显得异常响亮。

“报告，老师，蛐蛐！”坐在学习委员臧晓丽后面的辛大酋站起来叫道，“蛐蛐，老师！”

端木老师一边示意辛大酋坐下，一边笑道：“大酋你把老师和蛐蛐并列起来，是说老师是蛐蛐，蛐蛐是老师呀？”

“不、不，”辛大酋脸一直红到大脖根儿，“蛐蛐是蟋蟀……”

“那老师是蟋蟀，蟋蟀是老师了？”

同学们都乐了起来：“辛大酋，辛大糗，真糗，真糗！”

辛大酋挠了挠脑袋："老师，我是报告我发现教室里有蛐蛐，嗯，就是蟋蟀。"

端木老师瞅了瞅臧晓丽，转身在黑板上写下了"豪言壮语"4个字，转过身来："辛大酋同学，这节课的主题？"

"报告老师，豪言壮语。"辛大酋又站起来，还想说什么。

"回答正确，请坐下。"端木老师没有叫辛大酋接着说什么，转向大家，"哪位同学想好了，先抛砖引玉啊？"

"呿呿——呿呿——"没有等谁报告发言，教室里又响起了蟋蟀的叫声。

辛大酋刚想站起来，臧晓丽抢先"报告"："老师，我记起了一句诗：'春来我不先开口，哪个虫儿敢作声。'"

"哇——真是豪气冲天的诗句啊！"同学们都惊喜地从心底佩服臧晓丽来。

"好诗！"端木老师笑着说，"辛大酋同学，你是不是想发言？"

"报告老师，我、我不是说'豪言壮语'……"

"那就请臧晓丽同学接着说吧。其他同学也可以查找这方面的资料，手机上网也可以。"

"呿呿——呿呿——"臧晓丽忙按了下自己书桌里的文具盒，然后说："1909年秋，16岁的毛泽东当时在离家乡50里地的湘乡县东山书院读书。那里一些地主豪绅的纨绔子弟瞧不起衣着土气、来自农村的毛泽东，有意疏远他。毛泽东不时地有种孤独感，但是他没有动摇自己的雄心壮志，挥笔写下了这首题为《咏蛙》的诗……"

“啪啪啪啪……”端木老师带头鼓起掌来。

“同学们，《咏蛙》的前两句是：‘独坐池塘如虎踞，绿荫树下养精神。’这首诗深刻地表现出毛泽东少年时期的远大抱负和博大胸怀。既对那些富豪子弟嘲讽蔑视，又表达了少年毛泽东敢为天下先的英雄气概。是值得我们学习的！”

臧晓丽一边听着老师的话，一边思想着蟋蟀怎么跑进自己的文具盒里哪？今天奶奶一定听不到蟋蟀的歌声了！嗐！怎么搞的？

忽然辛大酋递过来一纸条：为什么把蛐蛐带到课堂上？老师为什么袒护你？

臧晓丽知道辛大酋还在记恨着自己那次没有叫他抄写自己作业而被老师批评的事情，想借机出出自己的丑。但是不知道老师为什么没有叫辛大酋的“阴谋”得逞，也许是老师后发制人吧？不是说“把拳头缩回来再打出去更为有力”吗？可刚才老师像是赞许自己呀！她就这样反复想着，可就是没有想明白。

“报告，老师，我搜到了。”是语文科代表韦花的声音，“传说明代严嵩写过：‘独坐池边似虎形，绿杨树下弹鸣琴。春来我不先开口，谁个虫儿敢作声？’传说明朝正统年间的考官薛瑄写过：‘蛤蟆本是地中王，独卧地上似虎形。春来我不先张嘴，哪个鱼鳖敢吭声？’记载清末湖北名士郑正鹄的原诗是：‘小小青蛙似虎形，河边大树好遮阴。明春我不先开口，那个虫儿敢作声？’不知道少年毛泽东最先看见了哪一首？”

辛大酋见臧晓丽没有“回信”，越发觉得有秘密。好容易等到下课，便迫不及待地叫臧晓丽打开她的文具盒。

臧晓丽白了辛大酋一眼：“你自己看吧！”心想看见了又不是违背什么纪律的。

“啊？没有！”辛大酋失望地叫道，“明明是从这文具盒里发出来的‘咗咗——咗咗——’的声音呀！真奇了怪了！”

“辛大酋，真是辛大糗呀！”在辛大酋面前的同学都笑话辛大酋，“真糗真糗！”

正在辛大酋手足无措的时候，韦花跑进来，拉着臧晓丽到了老师的办公室。

“同学们，”端木老师午饭结束的时候走进教室，“大家喜欢听故事吗？”

“喜欢，喜欢……”

“就讲蟋蟀的故事吧！”端木老师讲了起来。有个小女孩，从小在奶奶身边长大。后来爷爷病故，奶奶孤身一人住在自己的房子里。小女孩常常去陪奶奶。在她上中学进城前，为不能总在奶奶身边而焦虑的时候，看见两只蟋蟀在斗架，一只给打掉了一条腿，栽在地上奄奄一息。“蟋蟀会唱歌的”，小女孩想着，把这残疾的蟋蟀养了起来。蟋蟀活过来了！刚刚能够站起来的蟋蟀，在小女孩的手里“咗咗——咗咗——”地唱了起来。女孩高兴地和蟋蟀说话：“小蟋蟀，谢谢你的歌声！以后，我不在的时候，你陪奶奶，给奶奶唱歌好吗？”蟋蟀点了点头，又“咗咗——咗咗——”地唱了起来。那以后，小蟋蟀就天天陪在奶奶的身边，只要奶奶不睡觉，它的“咗咗——咗咗——”地给奶奶唱那悦耳动听的歌。奶奶高兴得合不拢嘴。“咕咕——咕咕——”奶奶也和蟋蟀一起唱着这歌,“咕咕——咕咕——”“咕咕——咕咕——”。一天晚上，小女孩在写作业时，蟋蟀悄悄进了小女孩的文具盒，钻进底层和小女孩捉迷藏。于是，第二天教室里便响起了“咕咕——咕咕——”的歌声。

“报告，”辛大酋听到这里，忙问，“老师，您说的小女孩是不是……”

端木老师截住辛大酋的话：“老师还没有讲完。”

小女孩听见“咕咕——咕咕——”的叫声，心里揪紧了：奶奶今天没有蟋蟀陪她，没有蟋蟀给奶奶“咕咕——咕咕——”地唱歌了！好不容易下了课，她给奶奶去了电话，学着蟋蟀给奶奶“咕咕——咕咕——”地唱起了歌，奶奶高兴地笑了。

“同学们，我们的老人最怕的是孤独，他们需要小女孩，甚至蟋蟀的陪伴。那我们应当怎么做呢？我的故事讲完了，留下这个题目你们答吧——记住，不是口答题，是行动题。”

“‘咕咕——咕咕——’，我学着蟋蟀去给老奶奶唱歌。”辛大酋红着脸小声说，“这不可能，我、我把蟋蟀的歌声录下来，把我的单放机送给老奶奶。”

韦花笑问：“辛大酋，那你知道小女孩是谁吗？”

“当然知道，是臧晓丽，”辛大酋依然脸红红的，“上午蛐蛐一叫我就知道了。”

放学的时候，同学们围住了臧晓丽。辛大酋把自己的单放机塞给臧晓丽，韦花等同学把一摞纸币也塞给臧晓丽，说要她买台录放机给奶奶。

臧晓丽忙把单放机和钱放在桌子上，笑着说："谢谢辛大酋，谢谢同学们！你们看——"

臧晓丽打开自己的文具盒，说："小蟋蟀，你出来吧！给同学们唱首歌吧！"

"蟋蟀在哪里呀？"辛大酋叫了起来。

臧晓丽笑着又说了一遍："小蟋蟀，出来吧！给同学们唱歌啊！"

"呿呿——呿呿——"蟋蟀一边唱着，一边从文具盒底层钻了出来。

"以后，蟋蟀就不会离开奶奶了。所以……"臧晓丽把单放机和钱塞回给同学们……

书包里的猫头鹰

戴晓乐纳闷：一直喜欢自己“最新信息”的顾大兴今儿个反应异常，不是往常的一脸兴奋的“耶——”，而是若有所思的“闹——”。“闹——”啥啊？“不”的意思，那天他读初中的姐姐顺口说的。其实，自己最先告诉他的这个信息顶“最新”顶“重要”了：市里一家城乡共建单位给村里兴建了一个健身广场，好多健身器材呢！其中最适合做引体向上的单杠就有三个，有高有矮有不高不矮的，对我们迎接学校体育测试真是雪中送炭，放了学就可以去练习一阵子了。可是，他为什么“闹——”呢？

越纳闷，就越好奇，就越想探个究竟。戴晓乐琢磨了足有两个课间，突然开窍：跟踪！

以往放学，顾大兴总是叫上戴晓乐一起走几里路。今儿个没叫，而是自己背着一个比往常大了一些的书包，匆匆忙忙自己走了。一直琢磨顾大兴的戴晓乐心里窃喜：自己的跟踪决定是多么英明伟大！

跟踪，戴晓乐可是头一回干的。他反复叮咛自己：既不能让“目标”甩掉自己，又不能叫“目标”发现自己。得像电影电视剧里警察叔叔那样，保持距离，轻手轻脚，运用机动灵活的战术……一出校门，戴晓乐便奇怪起来：顾大兴南辕北辙，向自己家相反的方向奔去！“为什么不回家？”嗐！管他哪，跟！

顾大兴是班里的学习委员，用戴晓乐的话说是“比大猩猩还聪明呢”，不光学习好，做什么都有点子有办法。这不，戴晓乐正提防着，突然顾大兴在前头的岔道处停了下来，一边蹲下做系鞋带状，其实是从裤裆空隙往后看，一边不大不小的声音说：“戴高乐，我等你！”

“坏了！‘目标’发现我了！”戴晓乐知道顾大兴喜欢叫自己“戴高乐”，当然不是说自己是什么总统，只是说和自己在一起常常是高兴和快乐。“哼！作贼心虚，贼喊捉贼罢了！”戴晓乐又一想自己够谨慎的了，顾大兴不会发现自己的。便不动声色，迅即隐蔽在一丛灌木后边。过了几分钟，不见动静，才探出身子，顾大兴已经影踪全无。到了岔道处，往哪边跟哪？左边是去镇里的，右边是去元宝山屯的。跟右边，因为那屯有条山路通向顾大兴家的。“总统决策英明！”戴晓乐自言自语着，向右边的小路跟了过去……

第二天，顾大兴见戴晓乐一脸的沮丧，笑问：“戴高乐，怎么好像不高兴不快乐呀？”“什么呀？”戴晓乐强作笑容，“我再思考你昨天对我的‘最新信息’熟视无睹的原因呢。”他当然没有说自己跟踪失败，也不好直接问顾大兴去了哪里。顾大兴笑了：“总统不要对别人的事情好奇啊！你该多做自己应当做的事情，比如去那新建的健身广场做做引体向上啊。”戴晓乐盯了顾大兴一眼：“同学之间应当互相关心、互相帮助吗？比如你有什么需要我帮助的事情，我可以两肋插刀呀！”顾大兴笑着抓住戴晓乐的手：“谢谢！但现在‘闹——’”

“哼！我早晚会知道的。”戴晓乐心里在想，跟踪失败，还有侦查呢！他悄悄告诉顾大兴的同桌黎茵茵，帮助自己盯着顾大兴的异常举动，因为黎茵茵是他表妹。

都说女孩子心细。真的，在戴晓乐没有“吩咐”之前，黎茵茵便觉得顾大兴的书包变大有些异常。这回，她便多了几分警觉，有事无事地多看顾大兴，特别是他的书包几眼。聪明的顾大兴当然不会授人以柄，常常装作平平常常的样子。过了几天，正在上课的时候，顾大兴瞅黎茵茵正目不转睛地看着黑板的时候，悄悄把手伸向书包，拉开了拉锁。“哦，是小鸟！”黎茵茵眼睛的余光看见了这一切！惊喜之余，黎茵茵看了顾大兴一眼。“茵茵，保密！”顾大兴忙悄声和黎茵茵说，“保密，茵茵！”黎茵茵不知道顾大兴为什么把小鸟装进自己的书包里，也不知道是什么鸟。但是，想起顾大兴对自己的一贯帮助，特别是学习上的帮助，便点了一下头。她知道，若是老师知道了，一定会批评顾大兴的；同学们知道了，也会影响学习的。所以，保密是对的，是应当的。

放学时，戴晓乐问黎茵茵侦查如何。黎茵茵不会说谎，便说自己已经答应顾大兴“保密”。戴晓乐心花怒放，求黎茵茵：“对老师和同学保密，不应当对表哥保密呀！再说了，我和‘大猩猩’是好朋友，我可以帮他的。而我不知道，便没有办法帮啊！”接着，把跟踪顾大兴那天的事情说了，觉得顾大兴一定有件需要帮助的事情。黎茵茵想了想，可也是啊，顾大兴的事情一定和他书包里的鸟儿有关系的。于是小声说："我只能对表哥说，表哥也不能叫别人知道！还有，表哥再别叫'大猩猩'了……"

不一会儿，顾大兴从后面赶上来，戴晓乐拉着顾大兴的手说："今天还去镇里吗？我陪你去。"顾大兴一怔："不去啊，你陪我干嘛？"戴晓乐一笑："我知道你去镇里做什么了，那么远的路，又是山路多，你一个人……"顾大兴"哈哈"大笑："咱们山里的孩子，谁不习惯走山路啊！""别笑！"戴晓乐见跟前没有别的同学，便说，"我知道你的书包里有只鸟，还是一只食肉的小鸟！你去镇里是到那里肉食厂给小鸟弄吃的……"顾大兴愣了，这"总统"跟踪不成，倒侦查出来了！"哼！是黎茵茵告密？"戴晓乐笑："她是我表妹嘛，但你不要怨她，是我求她的，我也是为了帮你点儿什么，比如以后你就不用往镇里跑了，我舅舅开肉食店，我保证小鸟的肉食供给！"他把"供给"的"给"说成"给东西"的"给"了。顾大兴笑着纠正，说："谢谢白字总统了！"戴晓乐也笑了："谢谢学委！我请求看看小鸟。"

顾大兴走到一个僻静的地方，拉开书包。"嗷呜——"小鸟圆圆的黄黄的大眼睛直直地盯着戴晓乐，戴晓乐"哇"地叫起来："是小猫头鹰！我说是食肉鸟嘛。哎，大猩……不，大兴，猫头鹰是益鸟，应当放归大自然啊！"然后笑道，"不是大猩猩的猩，是高兴的兴！"

"别班门弄斧了！"顾大兴讲起来，"听我说说小猫头鹰的是怎么来的吧。”那个星期天，我去山里采野菜。在山坡的柞树丛里看见一小片蕨菜，我‘高乐’了，对，是高兴和快乐地采起来。忽然“嗷呜——”的一声，我一惊，循声看去，呵——一只刚长出羽毛的小猫头鹰在一棵嫩嫩的大蕨菜下面，想站起来又站不起来。我忙把它捧在手里，它“嗷呜——”地又叫了一声，我记起妈妈说的“人的手心热，不能把鸟总放在手里”的话，便忙把小猫头鹰放在自己背去的一个旧书包里。它在书包里还不时地“嗷呜——”“嗷呜——”地叫着。回到家里，爸爸妈妈说猫头鹰吃肉，便把过年留下的一小块猪肉从冰箱里拿出来缓好了切成小块儿，喂给小猫头鹰。它吃饱了，精神起来，在桌子上能够站起来了。妈妈说：“还是把它送回窝里吧！若不养不活就可惜了。”我把小猫头鹰装进书包里，爬到那大山上，在拣到小猫头鹰的地方的上方找到了一棵高高的老松树，那上面有个洞，听到里面有“嗷呜——”“嗷呜——”的声音，我知道那是猫头鹰的窝。可是，我把小猫头鹰送到洞里面，下到树下不一会儿，小猫头鹰就从树上掉了下来。我又爬上去，它又掉下来。我怕摔坏了小猫头鹰，便把它又带回家里。妈妈笑了：“听说鸟都是这样的：小鸟掉出窝，再回去大鸟就不收留它了。小鸟见到的第一个人，便以为是自己的妈妈了。”妈妈说得真对，小猫头鹰只要我学着它“嗷呜——”地一叫，它便跳到我的手心，我喂它的时候，它就大口大口地吃着。别人喂的时候，它总是看了又看。我还发现，小猫头鹰把我的书包当成它的窝了，吃饱了就喜欢钻进去。那天上学前，我正装书本，它“嗷呜——”地叫着钻进了书包……

“哈哈……”戴晓乐乐得手舞足蹈，“你就是小猫头鹰的妈妈了，你的书包就是小猫头鹰的窝了！”顾大兴也笑了：“猫头鹰本是益鸟，我怕它憋着，就换了大一些的书包。等它长大会飞了，就把它放飞，让它回到大森林里。”戴晓乐暗笑：正是这细微的变化才引起了黎茵茵的注意呢，真的是“细节决定成败”也！

有了戴晓乐的供给，小猫头鹰长得很快。一天放学后回到家里，小猫头鹰从顾大兴的书包里钻出来，双翅一展，腾空而起。顾大兴乐得叫道：“小猫头鹰会飞了！”戴晓乐、黎茵茵知道了，都高兴地说星期天陪顾大兴去放飞。到了大森林里，顾大兴“嗷呜——”地一叫，小猫头鹰便从书包里钻了出来，飞到顾大兴的手上。戴晓乐和黎茵茵先后抚摸着小猫头鹰：“再见了，小猫头鹰！”“再见了，灭鼠勇士！”小猫头鹰“嗷呜——”“嗷呜——”叫了两声，顾大兴将手向上一扬，“嗷呜——飞吧！”小猫头鹰翅膀张开，双脚一蹬，“嗖”地飞上天空。“再见，再见！”顾大兴、恋恋不舍地喊着，大森林里回荡着“再见，再见！”“嗷呜——”“嗷呜——”大森林深处传来小猫头鹰的叫声。

晚上，顾大兴写完作业，正想熄灯，忽听窗外传来“嗷呜——”的叫声，开始以为是自己挂记小猫头鹰而幻听呢，可往窗外一看，“哇！真是小猫头鹰。”他赶紧跑到屋外，小猫头鹰跳到他手上，亲昵地用喙轻轻地啄着他的手指。妈妈见了，高兴地说：“鸟有灵气，眷恋养它的地方。大兴，快看看它饿不饿，好喂喂它。”顾大兴摸摸小猫头鹰的胃，惊疑起来：“妈妈，早上放飞的，一天了它的胃竟然鼓鼓的呀！”“那一定是它自己捉到了老鼠了。”

果然，再喂它东西，它便不吃了。打这天以后，小猫头鹰就不再吃顾大兴和妈妈喂的东西了。让他们惊奇的还有，家里家外原来常常出没的老鼠像是都失踪了似的。

转眼到了秋底，家家户户收获的玉米都装进了玉米楼子。顾大兴的爸爸像往年一样，采来松枝往玉米楼子的“腿”上倒着绑扎，以防老鼠上到楼子里偷吃玉米。顾大兴和爸爸说：“有小猫头鹰，就用不着了。”爸爸笑道：“家鼠没有了，还有田鼠哪。不得不防呀！”妈妈在一旁笑道：“‘有猫就避鼠’，有猫头鹰也避鼠嘛！今年不会遭鼠害了。”爸爸一边说“防患于未然”，一边把松枝绑扎好。爸爸有远见，等田鼠在野地里没有东西可吃的时候，便都跑到村子里来偷粮了。妈妈的话也对，顾大兴见自己家院内外没有田鼠的踪影，而小猫头鹰常常整夜不归，那一定是在村子里捕捉田鼠呢。其实这时候的小猫头鹰已经长得和大猫头鹰差不多了，圆圆的头足有家里以前养过的那只大黄猫的头那么大，一双大眼睛十分明亮，两只大脚上的爪尖儿异常锋利，捕捉老鼠肯定是百发百中。

一天，戴晓乐和顾大兴说：“你书包里的小猫头鹰不放就好了，现在俺村的老鼠特猖狂，都钻进俺家的玉米楼子里了。顾大兴笑问，需要猫头鹰帮忙吗？戴晓乐点头，又摇头：嗐，需要也请不来呀！顾大兴笑笑：因为你喂养过它，我想它会来的。戴晓乐瞅瞅顾大兴，觉得他一定在捉弄自己，你再会“嗷呜——”“嗷呜——”叫，那猫头鹰也不会来的。“若是真的来了，怎么办？”“打赌——我还弄肉来喂它；不来哪？”“不来，我去你们家当猫……”

第二天，戴晓乐见顾大兴身上多了个大书包，又惊又喜，“书包里的猫头鹰”！黎茵茵也明白了八九，看看顾大兴，看看大书包。见有别的同学，顾大兴笑指大书包说：“妈妈要我把小时候玩的布娃娃捎到镇上幼儿园的。”放学后，黎茵茵见没有别的同学，忙和顾大兴说：“让我看看猫头鹰多大了。”顾大兴打开书包，黎茵茵惊喜起来：“变成大猫头鹰了！”然后学着顾大兴叫着“嗷呜——”“嗷呜——”，你还认识我黎茵茵吗？猫头鹰点头，“嗷呜——”地叫了一声。这时，戴晓乐跑过来，冲顾大兴伸出大拇指，叫声“谢谢”，背起大书包便往自己家里的方向跑去。

次日一大早，戴晓乐乐呵呵地和顾大兴说，昨天晚上我们屯里来了好多猫头鹰，“嗷呜——”“嗷呜——”“吱吱——”“吱吱——”，好一番猫头鹰大战老鼠的战斗！我知道是小猫头鹰见老鼠太多，便把大森林里的猫头鹰们请来了，好家伙！天亮出门一看，家家玉米楼子下面好多死老鼠，连玉米楼子里的老鼠都抱头鼠窜而被猫头鹰一举歼灭了！可是，我、我没有找到小猫头鹰呀！说着，戴晓乐满脸愧疚。

“哈哈……”顾大兴笑了。戴晓乐不解，黎茵茵在旁一句话把戴晓乐说乐了：“猫头鹰又飞回书包里了嘛！”

◀ 乌鸦来了

再过几天就是期中考试了，叶大功临阵磨枪，从今儿个起坚持早起两小时到后山坡老梨树下复习功课。

“哇——哇——”叶大功刚刚推开房门，就听得脚底下有鸟的细微叫声。

“乌鸦来了？”叶大功熟悉乌鸦的叫声，“乌鸦从来没有来过自己的家啊！”

想着，叶大功忙借着天空刚刚投过来的些许曙光，虽然模模糊糊，但看出了是一只乌鸦！

“乌鸦,”叶大功蹲下身去,和乌鸦说话,“你来这里做什么？”

“哇哇——”乌鸦比刚才的叫声还细微，然后抖了抖右边的翅膀，左边的翅膀一动不动。

叶大功把书放在地上，两只手托起乌鸦：“我正好去后山坡复习，顺便送你回家吧！”

“哇哇——”乌鸦像是听懂了叶大功的话，但是连连摇头。

叶大功纳闷：“我知道你家在后山坡上面的大树上，你为什么不回家？你知道吗？我家里的人和村里的人可不是谁都欢迎你来的！”

乌鸦又抖了抖右边的翅膀，左边的翅膀依然一动不动。

“是你左边的翅膀受伤了？”叶大功的右手轻轻地抚摸着乌鸦左边的翅膀。

乌鸦又点头，叶大功的右手已经摸到了乌鸦翅膀的伤处。他明白了，这乌鸦是来求救的。

“好聪明的精灵！”叶大功转身回到屋子里，悄悄叫醒了妈妈，又悄悄地和妈妈耳语了几句。他知道妈妈才是乌鸦的救星，因为她是村里唯一的医生，以前也救死扶伤过动物。

妈妈悄悄地和叶大功来到厨房，给乌鸦受伤的翅膀上了药，又给乌鸦服了消炎止疼的药。然后悄悄地告诉叶大功把乌鸦放到仓房里，不要叫奶奶看见了。

叶大功知道乌鸦吃虫子，也吃苞谷，就在乌鸦面前放了盘脱了皮的苞谷和一碗水。

“乌鸦最喜欢吃虫子了。”叶大功复习回来，手里的大树叶里包着几只虫子，刚往仓房走，奶奶拦住了他，“告诉奶奶，从哪里弄来的乌鸦？啊！”

坏了！以前奶奶那老脑筋一直把乌鸦看作凶鸟，她自然不会允许乌鸦在自己家里的。叶大功像妈妈爸爸一样从不惹奶奶生气，这回也是。他笑着告诉奶奶，一会儿上学就把乌鸦带走，送到野生动物救护站去。奶奶脸上多云转晴，忽然她说到救护站要跑10多里的山路，孙儿要小心。

叶大功的书包突然变大，细心的同桌祖小花问他："背大书包来回跑山路不累吗？"

"不累，我不像有的女生那么娇气。"叶大功微微一笑，小心翼翼地把书包放进书桌。

"谁娇气？"祖小花白了叶大功一眼，知道叶大功笑话自己让爸爸背着上学，其实哪是自己患了重感冒，实在是走不动那翻山越岭的几里地的。只是自己没有解释。

祖小花的"发现"使得叶大功有些"心惊肉跳"，别的同学可别再"发现"了！特别是老师。于是，他有点儿像做了贼似的心虚，不时地察言观色。还好，除了祖小花不时地瞟自己的大书包一眼，别的同学和老师都和往常没有什么异样。

就在叶大功心里一块石头落了地，下午的最后一节自习课"意外"在瞬间发生了：同学们正在聚精会神地复习功课，忽然"哇——"的一声在寂静的教室里响起。虽然声音不大，又只是一声，但还是所有的同学都听到了。于是，教室里热闹起来了。"鸟儿来到教室里了吗？""是什么鸟呀？""好像是乌鸦。""谁带来的？"叶大功立即头脑发胀起来，若是真的露了馅可就麻烦了。他使自己镇定下来，忙说："是窗外鸟叫。只叫了一声，一定是知道我们在紧张地复习，就不再叫了……""哈哈，"祖小花打断叶大功的话，"鸟不在窗外……"同学们觉得他们俩的话有趣，便一齐问道："那这鸟在哪里呀？""在叶大功的大书包里！"祖小花想谁叫你叶大功说我"娇气"了，还不求我？哼，叫同学们也笑话笑话你！叶大功没有办法了，把自己的书包从书桌里小心翼翼地拿出来，把拉锁全拉开，然后说：“请出来吧，同学们要见见你！”乌鸦从书包里跳到书桌上，左边翅膀上裹着白白的纱布。同学们先是一惊，鸦雀无声地向乌鸦围了过来。这乌鸦倒也不怯生，还大大方方地在书桌上走起了模特步来。“哦，乌鸦模特！受伤的乌鸦模特！”这是班里的“捣蛋鬼”李贵打破了暂时的沉寂。祖小花见叶大功一脸的红晕，知道叶大功是在救护这乌鸦，便觉得不能叫叶大功太难堪了，便说：“同学们静一静，这受伤乌鸦模特一定有故事，就请叶大功讲讲好不好？”“好好好——”李贵带头拍起巴掌。叶大功只好“如实招来”，同学们听了，都说叶大功救护受伤乌鸦很对很值得学习。但也有的同学说，听老人讲这乌鸦是凶鸟，乌鸦来了不吉利！祖小花打断同学的话：“那都是迷信，我们不能信。我们不是知道‘乌鸦反哺’吗？我们得学习乌鸦的美德嘛！刚才叶大功说乌鸦上门求救，这说明乌鸦聪明着呢！其实，乌鸦和所有的鸟类一样，有着我们人所不具备的超常智能哪！”李贵接过来说：“是啊，西门豹的故事里就说鸟儿预报了大灾呢！”“难道这受伤乌鸦也会预报大灾吗？”祖小花笑着大声说：“这世界什么事情都会发生的，这可能不是没有的呀！”李贵也笑了，对叶大功说：“你叶大功不要做‘叶公’呀！一定要把这受伤乌鸦模特救护好，不然就送到野生动物救护站吧！”叶大功也笑了：“放心吧！我妈妈是医生，说这乌鸦几天就会恢复好的。所以我就不往救护站送了，不麻烦那里的叔叔阿姨了。若是我救护不好，你‘李逵’不要做‘李鬼’呀！”同学们听了，都大笑起来：“‘叶公’不‘好龙’‘好鸦’了，‘李逵’不‘李鬼’了……”叶大功把乌鸦装进大书包里，说：“如果奶奶不再看乌鸦为凶鸟，明天我就不带乌鸦来了。大家赶快复习吧！”

放学了，叶大功对走在自己身旁的祖小花说：“我谢谢你先检举后掩护！嗯，我也不该笑话你娇气，我明白了，你那次爸爸送你上学一定是你病了什么的。”

祖小花笑笑，瞅着叶大功的大书包，说：“刚才同学们都说要去山上捉虫子给乌鸦……”

叶大功忙摇头，告诉祖小花转告同学们不要耽误复习，他“好鸦”就一定能够把乌鸦的伤养好的。而且他家和学校一样就在山坡下面，自己去捉虫子很方便的。

“那你自己不耽误了复习了吗？”祖小花在替叶大功担心，因为他的学习成绩本来一般。

叶大功笑答：“我是在复习累了的时候去捉虫的，回来就精神了，复习效果更好呢。”

到了家里，叶大功怕奶奶发现自己书包里的秘密，便蹑手蹑脚地进院子。

“孙子过来！”没想到奶奶走了出来，指着叶大功的书包说，“乌鸦在里面，是吧？”

叶大功往后躲去，叶大功妈妈走出来：“大功，不用躲了，你奶奶要替你养护乌鸦呢.”

原来，奶奶听了妈妈讲的乌鸦反哺等故事和道理，说乌鸦不是凶鸟是益鸟了。这时候，她笑着对叶大功说：“奶奶管乌鸦，你管学习。你长大了得像乌鸦那样叫什么‘反’……”

“反哺。”叶大功马上回答，“谢谢奶奶了！我一定好好孝敬奶奶和爸爸妈妈！”

叶大功考试那天，正是乌鸦被放回大自然那天。在教室里答卷的叶大功忽然觉得窗外谁在看着自己，忙抬头看去。哦，是乌鸦！它朝叶大功扇扇一双翅膀，才飞走了。

又过了两天，老师正在教室里公布期中考试成绩和表扬叶大功的时候，乌鸦“哇哇——哇哇——”地大叫着飞进没有关门的教室，用康复了的左边翅膀指向窗外，两只脚在讲桌上快速地跳动着。老师轰它，它也不走，反而更加紧急地大叫起来大跳起来。

“报告老师！”叶大功望望窗外山坡上流出来的一股股山水，“乌鸦告诉我们赶快转移！”

老师想起几日大雨，忽地猛醒，忙指挥同学们并迅速组织所有的师生紧急撤离。

刚刚转移到安全地带的老师和同学们便听得“轰隆轰隆”巨响，泥石流奔腾而下，瞬间推到了两间教室……

叶大功的心没有轻松，自己家怎么样了？忙借了老师的电话，妈妈告诉他，自己家和前面山坡下的几家邻居都在泥石流发生前一刻转移了。妈妈还问他，你知道谁救了我们吗……

◀ 红衣班花

“叮铃铃铃铃……”的上课铃声刚刚响起，语文老师便大步进入了教室。

见脾气不怎么好的老师进来就铁青着脸儿，同学们都小心翼翼起来，教室里静得能够听到墙上电子钟的“嗒——嗒——”的秒声。

“热烈欢迎新学友，我们同窗是班友。风风雨雨一起走，同学情谊到永久。”老师盯着黑板上的字五六秒钟，转过身来：“解铃还须系铃人。谁写的？谁赶快给我擦了！”

“报告老师！”学习委员谷诗慢慢站起来，“是我写的。因为今天有位新同学来……”

“新同学来？”老师推推架在鼻梁上的眼镜，“谷诗，你写的像古诗吗？你说新同学来，在哪里哪？第一天来就迟到？知道我怎样对待迟到的吧？你，现在先把不是古诗的诗擦了！”

“报告！”没有等谷诗上前，教室门外传进来女生的甜美的声音。

老师像没有听见似的，依然对谷诗说："马上擦了你的诗！"

"报告！"门外女生的声音少了些甜美。

老师依然无动于衷，同学们知道他在执行着他好久以来让迟到的同学在教室外至少面壁一刻钟的"规定"，以给迟到的同学点儿"记性"。

"报告老师！"一直站立的谷诗声音不太大地说，"请老师让新同学进来吧！她看见了黑板上的字，我马上就擦掉。"他说"字"，没有说是"诗"。

"新同学也不能破坏我的规矩！"老师冷冷地回道，"校有校规，班有班规……"

"报告——"门外的声音有些生硬了。

老师的鼻子紧了紧，瞅了瞅教室的门。他可是第一回听见这样的"不礼貌"的声音的。

"嘭——"教室的门开了。迅即一身红装的女学生像一朵红云闪了进来。

同学们眼睛一亮，迅即一愣：老师没说"进来"就进来了，"大胆呀！"

老师也愣了，忙动动眼镜，还没有看清楚进来的同学，便听这红衣女生说："你是老师？对不起了！今天不能给你敬礼了，因为你有'三个不是'：一不尊重学生，就是不爱生；二不准学生进来，是剥夺学生受教育的权利，违法；三叫学生门外站立，体罚，也违法！"

老师哪里想到这新来的女生句句打中自己的要害，脸儿由铁青变白。红衣女生看了黑板上的欢迎诗，笑道：“谢谢同学们！这诗虽然不像古诗，但饱含了情谊，好诗！”

说完，红衣女生自己先鼓起掌来。“啪啪啪啪……”同学们也跟着鼓起掌来。

红衣女生停住了鼓掌，转向老师：“老师，对不起您了！”她这回用了“您”，“我不是故意‘刁难’您的。您的‘规定’对同学们不好，对您自己也不好——若是弄到上面去了，或者发到网上去，可就麻烦了——”

老师没有作答，脸色由白转红，朝台下一个空座指了指。红衣女生一边说“谢谢老师”，一边在黑板上写了“我叫洪红，希望和同学们成为好朋友”。然后很快擦净了黑板，包括谷诗的诗。

“洪红，好名字，像她的漂亮的长相和着装一样呢！”同学们见洪红团团的苹果脸儿，大大的黑眼睛，弯月亮似的眉毛，白白的齐齐的牙齿，一对不深不浅的小酒窝，加上匀称的高挑个儿，便叫她“红衣班花”了。她听了，没有说什么，也没有笑出声来。谷诗等同学背地里夸奖她敢于纠正老师的“规定”的勇敢行为，她也没有说什么，也没有笑出声来。

好多天以后，室外体育课。同学们都整齐地站好了队，代体育课的年轻老师站在前面，问：“班长，都到齐了吗？”班长知道红衣班花没有到，但怕老师批评，便点头：“到齐了。”

“报告——”班长的话音刚落，随着叫声，红衣班花又像一朵红云似的慢慢飘到了操场。同学们见她没有往常那样雷厉风行，都有些纳闷。

“为什么来晚了？”老师不冷不热地问。

红衣班花的脸比平日里更红：“老师，来事儿了。”

“你来什么事儿呀？”老师显然不高兴，“有什么事情下课再处理嘛！”

红衣班花勉强笑笑：“老师，能不能借个地方说话？”她说着电影电视剧里的台词，有点儿特务接头或者做诡秘事情的样子。

“你就是大名鼎鼎的洪红、红衣班花？”老师像是突然记起了什么，大概就是“语文老师事件”吧——那段时间学校里都这样说。他好像很严肃地说，“就在这里说吧！”

红衣班花显得无奈：“老师，您是第一次代教体育课的吧？”

“你怎么知道？”老师的态度像是有些缓和，“红衣班花会周易预测？”

红衣班花摇头，走近老师：“老师，我小声向您报告——”随后，踮起脚来，一只手半掩着嘴巴，和老师说，“女生在上体育课时，老师应当先问问‘女生有木有特殊情况的’。如果有特殊情况的，就请出列自由活动。像我们这么大的女生大都有‘特殊情况’的，您一定知道叫什么‘几期保护’嘛……”

红衣班花把网络语言弄上来了，又提醒了老师，老师脸上多云转晴，俯下身子，也小声说道：“红衣班花，老师谢谢你了！”然后，大声说“女同学有木有特殊情况的，有特殊情况的出列自由活动”。老师也学着红衣班花的网络语言了，同学们都笑了起来。几个女同学出列，一边拉着红衣班花的手说感谢她给女同学“造福”了，一边到操场一侧做轻松活动去了，那里很快传出她们欢快的笑声。

代体育课的老师课后想到多亏红衣班花的“提醒”，不然带领有特殊情况的女生一起锻炼不知道会出现什么严重后果呢！于是，他再一次看见红衣班花说又说“谢谢了”。红衣班花摇头：“老师不用谢啊！学生应当尊师，老师应当爱生。我觉得尊师也应当多提合理的意见，这样对学生和老师都有益处。”代体育课的老师笑道：“语文老师也是这么说的……”

快放假的一天，放学了，红衣班花背着书包最后一个走出教室。当她路过邻班的教室门口时，看见一个男生背着大书包一动不动地站在那里。

见教室里已经空无一人了，红衣班花问男生：“你怎么不走啊？”

男生面无表情，嘴唇动了动，没有回答。

“天快黑了，走吧！”她催促他说。

男生望了望窗外，眉头皱了皱，终于说话了：“你就是那班的‘红衣班花’吧？我、我在课堂上和同桌议论你，给老师发现了，就罚站……”

“罚站？”红衣班花一愣，“罚站到什么时候？放学也不让走？”

男生嗫嚅着：“因为快放假了，复习很紧张。老师说临时规定，谁犯纪律就罚谁放学后站在教室门口半小时。”

男生说完，脸色有些苍白。红衣班花见了，忙问他怎么了，哪里不舒服？

男生闭了闭眼睛："没大事儿的！我有些饿，中午带的饭少了没吃饱……"

"哦。"红衣班花掏出书包里的一块面包，塞给男生："快吃吧！边走边吃。"

男生说声"谢谢"，便狼吞虎咽起来。然后说："我没事儿的，你先走吧！"

"天就要黑了，你也走啊！"

"我不能走，还没有到时间。老师不来，我不能走。"男生脸色不再苍白了。

"那我找你们老师去！"红衣班花说着，向老师办公室跑去，远远还听见男生叫着"不要不要……"

男生的老师哪里不知道罚站就是体罚呢！听了洪红贴着他耳朵说的罚站男生的事情，忙把洪红叫到办公室门外，然后小声说："我知道你就是洪红、红衣班花，老师谢谢你的面包，更谢谢你的提醒！我，这就去叫他回家。"

第二天，当红衣班花仍像一朵红云飘进校园时，邻班同学都叫她"红衣校花"了。谷诗又做了首诗："红衣校花响呱呱，老师同学笑哈哈。尊师爱生好风尚，家长也都把她夸。"

◀结　对

班长谌圣今天比往常起得早，往学校去得也早，因为今天班里结对，是她建议老师结对的，也是由她主持结对的。她总觉得应当把那几个被拉下的不能与大多数同学同步的同学“帮扶”起来，才算尽了班长的职责。

“站住！”谌圣刚刚走过两条街，忽然听见前面远远的地方传来严厉的不太大的声音。

谌圣机警地往路边一闪，循声望去。在不太明亮的路灯下，一个小学生模样的孩子给一个高这孩子一头的人拦住：“交了保护费再走！”

谌圣早听外班同学说过“保护费”的事情，没想到今天叫自己撞上了。自己不能听而不闻，视而不见，若是有手机就好了，报警找警察叔叔。可是……

“就两元钱？你小子‘上坟烧报纸——唬弄鬼’哪？再找找，不然叫你尝尝烟头的滋味！”听声音那要“保护费”的人也是个孩子。

谌圣顾不了别的了，一边往前走，一边大喊：“不许胡来！”

“哈，又来一个，女生？女生，也得交保护费！”

谌圣还没有走到，前面岔路口突然跑出一个背着大书包的男同学来。他径直奔向那要“保护费”的孩子：“我替他们交，你敢收吗？”

“我、我……”要“保护费”的孩子见站在自己面前的学生比自己高一头大一圈，知道不是对手，便小声说，“算我栽了，不过你得小心了。”

男同学胸一挺：“好吧，我们比试比试，你若输了，把你要这小同学的钱还给他！我若是输了……”

没有等男同学说完，那要“保护费”的孩子掏出两元钱扔在地上，跑了。

“小同学，你是哪个学校的？我送送你。”男同学扶着惊魂未定的小同学向前面走去。

没有走出多远，男同学“哎呀”一声，停了下来，捂着右腿说：“这‘瘸子’暗算我！”

“哈哈，叫你多管闲事！我不是告诉你得小心了吗？”那要“保护费”的孩子手里晃悠着弹弓子叫着，“白白了！”

男同学啥也没说，一瘸一拐地和小同学继续向前面走去，走得很快。

谌圣没有撵上他们，脑子里又是“结对”的事儿了：经过几天的“背靠背”工作，几个重点对象都有干部和学习好的同学主动结对，就是刚转来不久的苟富贵没有谁愿意和他结对，因为他太“刺儿”了。

苟富贵转来第一天，就叫史老师和自己下不来台：史老师说：“同学们，今天转来一位新同学……”然后冲苟富贵说：“苟同学，你自己介绍一下你自己……”苟富贵站了起来连珠炮地说：“报告老师！您不能叫我‘狗同学’！我是狗，那同学们不就都是狗了吗？这是对我们的不尊重！在人格上，在人与人的关系上，同学和老师都应当是平等的。这就像我不能叫您‘死老师’一样，所以我叫您‘老师’，而不叫‘死’……”

“啊——”史老师被苟富贵“突然袭击”，开始有点儿晕，但马上镇静下来，“苟、苟富贵同学，这样叫你可以了吧？你叫我‘史老师’是可以的，记住啊——‘史’与‘死’的读音是不同的……”

苟富贵又打断史老师的话：“报告老师！我知道……”他把“知”读成平舌，继续把“您”加重语气，“您说的是您的姓是翘舌，那‘死’是平舌。可是……”他把“是”读成平舌，“像我这样的‘大舌头’往往读不利索，‘史’就读成了‘死’，那是对老师的不尊重……”

谌圣实在看不下去了，忙站起来说：“苟富贵同学，我是班长谌圣，请你不要这样‘介绍’了……”

“陈胜？”苟富贵笑了，“真是‘无巧不成书’呀！同学们知道，大泽乡起义，吴广和陈胜说‘苟富贵，勿相忘’，可是后来哪？我爹为了叫我守信，就给我取了这个名字的。哈，希望班长不要像……”他停了下来，问，“不对呀！班长怎么取了个男的名字呀？”

这下，同学们哄堂大笑起来了。

谌圣真的挠头：这样的同学，谁愿意和他结对呀？

跨进教室不一会儿，早自习的铃声就响了。谌圣点名，就苟富贵没有到！

“真是‘刺儿’！”谌圣心里增加了对苟富贵的不满，不能等他了。她站起来，宣布结对开始，先请史老师讲话。史老师说，谌圣提议的结对有新的创意，与过去的“一帮一，一对红”不同，是互帮互学、共同进步。“三人行必有吾师”，“寸有所长尺有所短”啊！希望同学们通过这次结对，都能够进步成长。另外，对所谓的“刺儿”也不要另眼相看……

结对顺利，全班 59 名同学很快结成 29 对，就差苟富贵了。

“报告！”是苟富贵的声音。

“进来，苟富贵同学！”史老师应声，她没有叫“苟同学”。

苟富贵进来，脱帽，给史老师敬礼：“老师好！”然后说，“老师，我迟到了。”

“你，苟富贵，为什么迟到？昨天不是宣布今天早自习结对吗？”谌圣问道。

史老师指指苟富贵的座位：“先回座吧。”

苟富贵两腿一挪一挪地慢慢腾腾地挪向自己的座位。

“同学们，苟富贵同学来了，也就差他一个没有结上对了。”谌圣说，“看看，谁愿意和他结对。说是‘对’，也不只是两个同学，也可以是三个同学的。”

教室里鸦雀无声。

苟富贵像是明白什么，扶着桌子站起来，说："老师，班长，我知道我在同学们眼里可能是'刺儿'，我真的惯了挑刺儿，甚至到了不尊重人家的地步。不尊重人家，人家就不会尊重自己。我懂这个理儿。没有关系的，我自己和自己结对吧。"

"自己和自己结对，叫'对'吗？"不知说嘀咕了一句。

谌圣见苟富贵下意识地摸摸自己的腿，想起刚才他挪向自己座位的情形，恍然大悟，忙走到苟富贵跟前："富贵同学，你走两步。"

"走两步？"苟富贵先是一怔，然后坐下了，"上课不能随便走嘛。"

谌圣拉着苟富贵："我叫你走两步，你就走两步！"

史老师看看谌圣，知道有点蹊跷，就说："苟富贵同学，班长叫你走两步，就走两步嘛。"

苟富贵同桌也站起来，和谌圣拉着苟富贵走了起来。一走快了，苟富贵就瘸了。

"呀——怎么像小品了——走两步、走两步——走着走着就瘸了？"

爱说话的同学觉得那小品现实版在教室里上演了，议论起来。

"苟富贵同学，我，和你结对……"谌圣拉着苟富贵的手，说，"你有意见吗？"

苟富贵怔怔地瞅瞅谌圣："我、我……"

"报告——"教室外响起敲门的声音。

"请进！"史老师知道，不是别班的学生，迎了过去。

一个小同学进来了，后面跟着一个带着照相机的女人。

苟富贵见了，一瘸一拐地上去拉过小同学："我不是告诉你保密吗？"

"我妈妈是记者，告诉我不该保密的不保密。"

听了小同学的介绍，史老师和同学们对苟富贵挺身保护同学的行为报以热烈的掌声。

小同学的妈妈连拍了几张照片，拉着苟富贵连声说"谢谢"，又要带他去看医生。

苟富贵红着脸说"没事没事"，谌圣说"看校医吧"，说着拉着苟富贵往外走，还回头说了句"我们结对了，自然应当我陪去呀"。

◀ 班里来了紫衣侠

上课 10 多分钟了！班主任蓝老师瞅下手表，心里嘀咕：咋搞的，第一天报到就迟到？

“报告！”随着不怎么大的声音，蓝老师“进来”的话音刚落，一身紫色装扮的女生神色有些紧张地匆忙进了教室，“对不起，老师！我迟到了。”

蓝老师见新来的女生团脸红红的，几近发紫，头发微乱，豆大的汗珠不时滚落，没有说别的，指指后排的座位：“訾燕同学，先坐下吧！”

不用蓝老师介绍了，同学们都知道新来的同学叫訾燕，像是山里长大的孩子，大眼睛，细高个儿，匀称而又壮实。班里“搞笑鬼”赤日小声嘀咕：这回好了，我、程小林、黄天虎、吕苗苗、黑天天、蓝老师，加上她，七色光，全了！

后座的黑天天捅了一下赤日：“六色”各有绝技，“紫燕”呢？

蓝老师听见了，忙叫道：“请勿交头接耳！”

她的话音未落，就听外面大声豪气：“她进这教室了！”紧接着，一奔拉一只膀子的小青年闯了进来，既气势汹汹又痛苦难耐的样子，指指蓝老师，有指指訾燕："她打伤了我！"

不等蓝老师说话，訾燕几步走上前来，揪住那小青年的脖领子，声音依然不大，但很威严："我第一天来这里上学，和老师同学们没有关系，我们到操场去！"

小青年往后躲闪，像斗败了的公鸡，只是嘴硬气着："好男不和女斗，你给我治伤就行。"

忽然，警笛传来，保安和警察，还有一个老人，一起进来了。

原来，这小青年骑车撞了老人，还骂骂咧咧动手打老人，訾燕劝他，他不但不听，反而和訾燕动起手来。没料到竟然被一学生，还是女学生打掉了膀子……

"訾燕，紫衣侠啊！"赤日一喝彩，程小林、黄天虎等齐声叫道，"訾燕，紫衣侠……"

"跟我们走一趟吧！"警察拉起小青年。

"警察叔叔，我错了！"小青年一脸痛苦状，"我膀子疼……"

訾燕上前一步："你向老伯道歉，痛改前非，听候警察叔叔处理吧！膀子没事的。"说着，双手一上一下，"好了"，"咔吧"一声，小青年的膀子就不耷拉了。

迟到，见义勇为，会治耷拉膀子，老人和警察赞扬，訾燕第一天就有名了！

中午，七色班的"武侠"黄天虎见訾燕饭量挺大，就把自己带来的一个大馒头拿给訾燕："紫衣侠，见到您的高超技艺，我佩服得五体投地！请您有时间教教我啊！特别感谢！"说完，还双手抱拳，行了个武侠礼。

訾燕指着自己的红米饭："谢谢，我带的够了。只是，我学来的令坏人脱臼和复位的技艺真的不能教给你的，因为我答应过教我的师傅的，人得守信！"

这里有故事！获得"讲故事大奖"的程小林和发表过小小说的吕苗苗缠住訾燕："不讲给我们，我们中午都别睡觉！"

"好啊！"訾燕"扑哧"一笑，"反正我以前中午从不睡觉。"

"紫衣侠笑起来更好看啊！"程小林夸奖起来，"有朝一日学校选美，第一是非你莫属。"

訾燕像是没反应，吕苗苗马上凑前一大步："我们是同学了，缘分啊！就应该互相关心，互相爱护，互相帮助嘛！你师傅，你的紫衣服，都是好故事，就叫我们分享分享呗！"

程小林也马上跟了句："以后你用得着我们，我们一定两肋插刀！"

不知道訾燕听没听她们说的话，吃完饭去刷了饭盒，放好，见离午睡还有一刻钟，便向操场的大柳树下走去。程小林和吕苗苗见了，亦步亦趋，也到了大柳树下。

"爹和妈告诉我，这世界上的一难就是'求人难'，"訾燕还是不大不小的声音，"我简简单单地讲给你们吧。"

那年开春，我跟着妈妈去山里挖野菜，回来的时候突然从树丛里跳出一大高个的蒙面人，手里闪着寒光的刀和那凶神恶煞的样子，令人胆战心寒。他拽住我妈，我和妈妈一起和他撕扯，可我们根本没有他力气大。妈喊我："燕，快回去喊你爹！"我发疯似的往家里跑。跑着跑着，遇见一穿着紫色衣服的老伯。老伯像是看出了什么，忙拉住我："孩子，怎么了？"我忙说了碰到坏人了……老伯一边说："别怕，孩子！"一边飞身向上面跑去，那紫色衣服像团火焰飞飘过去。我跑到时，那坏人耷拉着膀子，嚎叫着逃走了。妈妈再三感谢那老伯，老伯却说："不用谢，不用谢！"我知道老伯一定是习武之人，又善心侠骨，便抱着老伯的大腿说："老伯，您教教我，以后我好自己保护妈妈！""好孩子！"老伯说，"答应我一件事……"原来是，习武防身，保护好人，不伤好人，不随意教给不清楚的人。我频频点头说"记住了，照着做"。老伯告诉我，女孩子当以柔克刚，学一着就可防身和保护该保护的人了。也就是那天开始，我就特别喜欢紫色衣服了……

"紫衣侠，你一定一直这么做的，今天保护那老伯就是。"訾燕没有回答程小林的话儿，但几天后，程小林看见了，还编到故事里了：那天放学，程小林和訾燕一起出了校门，走到一条小巷时，见前面一堆人。"快点儿掏钱！"听到这话儿，訾燕和程小林说了句"我去看看"，便大步流星地到了那里。一青年正拧着一同学的胳膊，催道："快点儿！"訾燕突如其来，厉声喝问："他欠你钱吗？"青年愣了一下，摇头，见是一女生，便说："不关你事儿，走开！"訾燕竟上前一大步："你放开他！抢钱违法犯罪，关我的事儿！"青年愣了下，没有放手："你个黄毛丫头，别在这里装大瓣蒜！我一只手就捏住你！"訾燕见那青年伸手过来，顺势一手抓住，一手在膀子上面轻轻一按，"咔吧"一声，男青年立即叫了起来，伸出的手耷拉下来，另一只手终于松开了那同学。那边的程小林早打了“110”，警察也到了……

程小林悄悄问道：“紫衣侠，咋没给那小子复位呀？”“这小子是抢劫犯罪，叫他自己掏腰包到医院吧！”程小林笑道：“好！”

黑天天耳闻目睹，很佩服紫衣侠，不过他觉得她虽然是山里娃，但比起爬树那一定没有我天天厉害！这天，黑天天有了机会：学校组织野游，走到山脚看见一棵高高的白杨树上有个喜鹊窝。“亲们，特别是紫衣侠，请见识一下本人的爬树功夫，谢谢！”说完，就跑到树下，猴子般地爬上了白杨树。蓝老师来不及阻止，忙叫他“小心，不要掏喜鹊蛋”。黑天天回过头答应：“我只让同学们看看喜鹊蛋啥样，不掏！”他爬了上去，把脚站稳，右手伸进喜鹊窝里。忽然，“哎呀”一声，他叫了起来，“有长虫，咬手了！”呀——这可怎么办？谁都知道，黑天天说的“长虫”就是蛇！蓝老师和同学们都急得不得了，忙想着办法。忽然间，一团紫色的火焰向树上升腾。是“紫衣侠——訾燕”！树下接着鸦雀无声起来。继而，赤日安慰蓝老师起来：“紫衣侠一定会救下黑天天的！”说时迟那时快。只见訾燕到了黑天天跟前：“天天别慌别怕！我看清了，是无毒蛇。”她叫黑天天腾出点儿地方，自己爬上一步，右手随即伸出，瞬间捏住了蛇头。再一用力，蛇松开了咬着黑天天手的嘴。“天天，你慢慢往下爬。”黑天天爬到了树下，脸儿都有些白了。蓝老师忙过来查看伤口，用生理盐水消了毒。訾燕接着，拎着二三尺长的蛇下来了，然后掏出一个布袋把蛇装了进去，扎紧。同学们一窝蜂把訾燕围了起来，惊喜地问这问那。终于明白，这蛇叫黄花松，野生保护动物，无毒，吃老鼠，也吃鸟蛋。訾燕和爹学过，“打蛇打七寸”“捉蛇捏蛇脖”，但这些年早不抓蛇了。她还说，黑天天冒了险，但救了这窝喜鹊蛋。黑天天听了笑了，说了句：“紫衣侠爬树也那么好看！”

程小林、吕苗苗等也守信，在訾燕需要帮助的时候“两肋插刀”。特别是赤日这英语科代表硬是把訾燕的“语音”短腿给补齐了。很快，訾燕的学习成绩也像她爬树那样，一步比一步高。连蓝老师也说：“訾燕在学习上也是紫衣侠了！”

◀ 小院里发生了一场战争

天亮以后，小院的主人陆续上学、上地去了。小院里就剩下小猫花花和小狗黄黄了，它们不说话的时候，小院里十分静谧，花花能够听见老鼠蹑手蹑脚走出来的动静，黄黄能够听见小偷在大门外轻轻拨动门闩的动静。

忽然，有一天，小猫花花一边伸着懒腰，一边跃上窗台，然后趴下来，轻轻闭上眼睛，不一会儿就进入了梦乡。可能是头天晚上捉老鼠太累了的缘故吧？那暖暖的太阳照得它浑身上下都暖暖乎乎，它还不时地伸个腰，打一声呼噜。

花花的呼噜声很小，可是在静静的小院里，在黄黄的耳朵里，可就如雷贯耳了。黄黄第一时间循声看去，啊——懒猫——大白天不捉老鼠，睡大觉！太不像样子了吧？

“汪汪——”小狗黄黄冲到窗台下，开口大叫，瞬间打破了小院子里的宁静。

小猫花花着实吓了一大跳，正在梦中捉老鼠呢，突然惊醒，睁开惺忪的双眼，见黄黄跳着高冲着自己狂吠，真有些生气了：“黄黄，你吵醒了我，还叫什么？”

“我，叫你大白天睡大觉，不捉老鼠！”小狗黄黄依旧愤愤不平。

花花闭起了刚刚睁开的眼睛，慢条斯理地哼道：“捉老鼠是我的事儿，看家护院的你的事儿。我的事儿用得着你管吗？你的事儿我管了吗？真是的！”

说完，花花还打起了呼噜，声音不大，但黄黄听着刺耳。这家伙继续睡大觉，把我的话儿当耳旁风！黄黄更加生气了，大叫道：“花花，再睡大觉，我揪你的小尾巴！”

花花依旧没有睁开眼睛，轻蔑地说了句：“想得美，你够得着吗？揪得到吗？”花花知道黄黄小，窗台高，黄黄就是跳起来也够不到自己的尾巴。

黄黄一听，大叫两声，然后用力跳起来。可是，连窗台的边都没有碰到。

“别费劲了，该干啥就干啥去吧！”花花又数落黄黄一句，“做自己做不到的事情是傻瓜，大傻瓜！”

黄黄又大叫：“汪汪——气死我了！”

“气鼓，气鼓，气到明年八月十五！”花花说完，又打起了呼噜。

黄黄听了，反倒不生气了。因为生气对自己不好，别上了叫自己生气的坏家伙的当！但我得想个办法，不能叫它大白天睡大觉。于是，就在小院里边走边琢磨起来。走到自来水水管前，忽然眼睛一亮：看我黄黄能够够着你花花不？

花花没有听到黄黄再大吼大叫，就迷迷糊糊地睡着了。忽然，觉得身上凉凉的，睁开眼睛一看，是黄黄嘴里叼着水管往自己身上喷水呢！

“落汤猫！”黄黄见花花“阿嚏”一声，站了起来，匆忙抖落身上的水，就把水管放下，关了水龙头，嬉笑道，“我够着你没有啊？”

花花很不高兴地说：“黄黄你太不像话了吧？这么凉的天你给我喷冷水！”

“嘻嘻，你生气了？气鼓，气鼓，气到明年八月十五！”黄黄嬉皮笑脸地气花花。

花花瞪大了眼睛：“记着，我跟你没完……”

“跟我没完？好啊！那你先说说，为什么大白天睡大觉、不捉老鼠？说完，再没完。”

花花听了黄黄的话，反问道：“这么简单的问题，特别简单的答案，竟然来问我！太没有常识了吧？不觉得砢碜呀？”

“什么简单啊？”黄黄道，“有句话叫‘会者不难，难者不会’，你花花不知道啊？”

花花摇着头甩着水，冷冷地回道：“不管你怎么说，反正我是不会告诉你的！”

“不告诉我，我也跟你没完！”黄黄说完，又叼起水管来。

花花竟笑了：“哈哈，我不睡觉的时候，你就浇不着我！”

黄黄嘴里有水管，说话不方便，也不再说话了，跑去打开水龙头，歪着脑袋，把水管对准花花。花花见水喷向自己，就忙着躲闪。黄黄跟着花花喷水，花花左躲右闪。一场口水战后的水战在小院里的窗台上下展开，只见水柱忽上忽下，忽左忽右，黄黄在窗台下跳上跳下，花花在窗台上跳左跳右。顷刻间，小院里水从窗台上不断流下来，渐渐地流成了细细的小河。

就在黄黄和花花水战不可开交的时候，小院子的大门“吱嘎”地响了起来，戴着红领巾的丽丽放学回来了。

“哇！”丽丽进了小院子，大惊道，“你们、你们怎么打起水战了？黄黄，快停下！”

一贯听丽丽话的黄黄，放下水管，和丽丽说：“花花大白天睡大觉、不捉老鼠，我叫它告诉我为什么，它偏偏不告诉我！还说跟我没完。所以，我……”

花花说，这么简单的问题，黄黄竟然不知道答案，我觉得太可笑了。而且黄黄自以为是，说我是什么“懒猫”，这不是“埋汰”猫吗？

丽丽关上了水龙头，笑着和黄黄说：“那我告诉你吧。”

听了丽丽讲的猫是夜里捉老鼠的，白天需要睡觉休息的常识，黄黄脸儿红了一下，觉得自己错怪了花花。可嘴上却说道：“那大白天总不能总睡觉嘛！可以学些知识啊，比如《弟子规》《百家姓》，还有“欲穷千里目，更上一层楼”“野火烧不尽，春风吹又生”等唐诗宋词等等啊！

花花一听，就说：“我早就想学，可谁来教啊？丽丽有学校，我们哪里有学校啊？”

丽丽想了想说：“黄黄和花花说得都有道理，我想好了，等我学会了这些课程，我再学学动物的语言，然后办所动物学校……”

花花马上说："那丽丽就是我们的老师了，我现在就报名。"

黄黄也马上说道："那太好了！丽丽老师，我也报名！"

丽丽笑着问道："我就把动物小学校设在这小院里，可是我担心这里再发生战争……"

"不会了！丽丽老师。"黄黄和花花异口同声地说，"我保证！"

过了些时日，小院子里传出了小狗黄黄和小猫花花跟着丽丽学习的琅琅读书声。

小院里的战争再没有发生。

◀ 戴口罩的红领巾

北方的冬天天亮得晚。天刚刚蒙蒙亮，撂下筷子的余筱莉就急急忙忙戴上红领巾和口罩，背上书包走出了家门，脚步也比往常快了许多。

街上几乎没有行人，只见一位外穿橙色马甲的环卫阿姨拿着大扫帚清扫。余筱莉走到她跟前，习惯地问了声“阿姨好”，阿姨忙抬起头来回了句“小同学好”。

“阿姨，您……”余筱莉看见了阿姨的脸，话没说完，转身就往回走。

“小同学，学校在那面！”阿姨在后面叫道。

余筱莉应了声“我就回来”，加快了脚步，奔向家里。

“妈妈，给我一个口罩。”

余筱莉妈妈见女儿急急忙忙回来要口罩，觉得奇怪：“闺女，你不是戴着口罩了吗？”

“我得带一个口罩，”余筱莉指指自己脸上的口罩，说，“妈妈，这个口罩是‘戴’的，要个口罩是‘带’的，同音不同字，是两个字的。”又加重了语气，“急用！”

当医生的妈妈马上想到了近日防控新冠病毒的新情况，没有再问什么，忙拿过来一包外科医用口罩来：“闺女，你愿意带几个就带几个。”

“妈妈真好！谢谢妈妈！”余筱莉抓过三个口罩，急急忙忙转身就走。

环卫阿姨戴上了口罩，感动地说：“谢谢小同学！你叫什么名字啊？告诉阿姨。”

余筱莉指指胸前的红领巾，笑着跑开了。

那阿姨瞅着余筱莉的背影，说着：“戴口罩的红领巾，带口罩的红领巾啊！”

去学校两里多路上有个远近唯一的诊所，附近的人们大都去那里看病。余筱莉快走到那里的时候，同班的臧大明骑着自行车赶了过来。他人高马大，骑着自己安装了后衣架的赛车。见了余筱莉，便下了车：“天挺冷的，我带你走吧！相信我的驾艺，保证万无一失！”

“不必了！”余筱莉一边往前走，一边说，“自行车不可以带人的。”

臧大明前后瞅瞅，笑道：“这一大早儿，路上人少，警察叔叔也没有出来哪！”

余筱莉指指臧大明胸前的红领巾：“我们得自觉遵守啊！哎，你咋没戴口罩呀？”

“中午放学就买去，这会儿都没开店呢。”臧大明回答，“那我先走了。”

“等等！”余筱莉叫住腿已跨上自行车的臧大明。

臧大明笑了：“坐我的车了，好！”

余筱莉摇着头说：“你戴上再走。”说着，掏出口袋里的一个口罩递了过去。

说话间，到了诊所。那里有两个人，一个站在地上，一个坐在推车上。只听站在地上的人念叨着：“这可怎么办？这么早都没有开板儿……”坐在推车里的老人长吁短叹地呻吟着。

走在余筱莉前头的臧大明停了下来，和走过来的余筱莉说：“一定是他们没有戴口罩，诊所不允许他们进去的。”

余筱莉这时候已经看清了诊所门上的字：不戴口罩，恕不接诊！

看来，疫情有严重迹象了！前两天老师就说过，新冠病毒在严冬是多发季节，特别要注意防控无症状感染者，戴口罩是不能忽视的。诊所的“告示”不是一点儿道理也没有的。余筱莉忙掏出了最后一个口罩，上前递给了站在地上的那个人：“叔叔，我就这一个了……”

“谢谢小同学！”那人惊喜地接过口罩，又有些失望地说，“医生说，我俩都得戴口罩！”

臧大明听了，说道：“刚才，我若是不戴上口罩就好了。”

看来，谁都得戴口罩了！这不仅关系到自己，也关系到别人。余筱莉听了臧大明的话，也说：“我若是再多带几个口罩就好了。”

臧大明上前敲敲诊所的门：“医生叔叔，借您一个口罩可以吗？”

医生在屋里回答："我们的也刚刚用完，一会儿上班了就会买来的。"

"这样吧，"余筱莉灵机一动，说道，"医生叔叔，请病人先进去，可以吧？"

医生在屋里问道："病人戴口罩了吗？"

"戴口罩了。"站在地上的人赶忙回答，并把口罩给病人戴上了。

医生开了门，走了出来，把病人推了进去。

"谢谢医生叔叔！"余筱莉说完，对送病人的人说，"我家里有，我这就回去再拿来。"

臧大明马上把自己的赛车掉过头来："筱莉，我带你去取。"

"不可。"余筱莉依然拒绝说，"大明，别忘了，我会跑1000米的。"

臧大明立即摇头："我们一会儿还要参加学校的数学竞赛哪！若是迟到了……我带你一定又快又稳的。你忘记了？小汽车送病人可以闯红灯不罚的。"

余筱莉一边摇头，一边把书包递给臧大明，返身就像跑千米那样向自己家里跑去了。

臧大明和送病人的人见余筱莉越跑越快，鲜艳的红领巾在肩上飘舞着，像红红的火焰，像红红的火炬。

臧大明很感动，也很着急，因为他和余筱莉若是迟到了就必然影响他们全班的竞赛成绩的，班主任老师一定会批评他们的。他真有点儿像热锅上的蚂蚁了。

送病人的人见了，问了臧大明几句，掏出手机到一旁去了。

臧大明两只眼睛一直盯着余筱莉家的方向，这一里多地的路来回就是一公里，余筱莉跑的再快也要三分钟左右的。可是，三分钟过去了，依然不见她的影子！他更着急了，真想去接接她，可刚才医生叫他等在外边，有什么事情好叫戴口罩的他进去。

越着急，时间就过得越快。臧大明看着自己的电子表，时间过去快八分钟了！可望眼欲穿，余筱莉的身影还是没有出现。

“一定迟到了！嗐！”臧大明有些失望地自言自语。

送病人的人走到臧大明身边，像是安慰他：“小同学，别着急！不会迟到的。”

臧大明没有说什么，心里想：你若是戴了口罩，哪里会这样啊？对疫情防控竟然当作儿戏，害了自己，也害了别人啊！

那人像是看出了臧大明的心思，便检讨似的说：“我本来是想今儿上午就买来口罩的，没有想到这老人家夜里突然有了病。还连累了你们！真对不起！”

臧大明一听，倒觉得自己错怪了人家，而且自己不也是没有戴口罩吗？现在戴的口罩不是余筱莉给自己的吗？若是自己戴口罩了，不就没有这个情况了吗？

一边这么想着，一边目不转睛地盯着余筱莉回来的路。但还是没有见到余筱莉的影子。

忽然，背后“嘀嘀——”响起了喇叭。

臧大明一回头，大吃一惊：班主任老师来了！

“老师好！”臧大明上前给老师行了少先队礼，“老师，我和余筱莉参加不上竞赛了……”

老师笑笑：“我知道了。”然后介绍送病人的人，“他也是我的学生，现在敬老院当院长。”

老师说着，掏出一个口罩给送病人的人：“快戴上吧，进去照顾好那老人。”

那人忙说：“谢谢老师！谢谢小同学了！”

这时候，余筱莉气喘吁吁地跑回来了。她把口罩递给送病人的人，说她妈妈有事情出去了，耽误好几分钟。

“有了，老师刚刚带给我了，不用了。”那人说，“但我还是要感谢小同学啊！”

“那您也得收下。”余筱莉把口罩塞到那人手里。

“收下吧。老师都知道了，把赛车放后备厢里。上车。”老师笑着说，“竞赛不会迟到的。”

◀ 饭盒长大了

牛大山的妈妈这几天很是惊喜：一向不怎么喜欢吃饭的儿子大山在学校午餐的饭量明显增加，原来只装半盒饭菜有时候还剩一些，现在装到多半盒还一点儿也不剩。有两天儿子放学回来便钻厨房，像饥不择食，吃什么都香，一阵狼吞虎咽。

“大山，”妈妈一脸喜悦，笑着问道，“这几天怎么爱吃饭了？”

牛大山见妈妈高兴，自己也笑了起来：“妈妈不是说我长身体，多吃点儿才、长得快长得高吗？所以，我就按照您和爸爸说的‘早饭吃饱，午饭吃好，午饭吃少’的三餐原则，中午尽量多吃一点儿……”

可以前怎么没有这样呢？妈妈觉得儿子的话有些蹊跷，特别是这两天放学回来先钻厨房。牛大山听了，俩眼睛滴溜溜一转，马上回答：“妈妈，我忘告诉您了——这几天下午总是锻炼，好迎接中考的体育测试。运动量突然加大，消耗的身体能量就大，所以……”

妈妈不假思索，笑道：“有道理！明天妈妈再多给你装些饭菜。”

“妈妈真好！”牛大山说，“谢谢妈妈！”说完，还又一次唱起了《世上只有妈妈好》。

中午吃饭的时候，坐在牛大山后面的马双全和牛大山一起去学校食堂取熘热了的饭盒。

“大山，”马双全刚拿起自己的饭盒，便叫住了牛大山，“我的饭盒这几天怎么长大了？”

“饭盒怎么会长大？”牛大山拿过自己的饭盒，笑道，“难道你的饭盒给谁施了魔法？”

马双全忙回答说：“我说饭盒长大，是说饭盒里的饭菜多了，不是饭盒比原来大了！”

“哦，”牛大山一边和马双全往教室走，一边像是大侦探似的说，“我知道了，你的饭盒长大，有三种情况：一是你妈妈多装了饭菜，而你没有看见，也不知道；二是有的饭菜经过加热会膨胀的，忘记了‘热胀冷缩’了吗？三是班主任汪老师见你带的饭菜少，悄悄给你加了她带来的饭菜，以前她就给我加过呢。”

马双全听了，“嘿嘿”地笑起来：“‘一是’和‘二是’是不可能的，那答案就在‘三是’里了。我这就去问问汪老师，吃了老师这几天的饭菜，而且是我们家很少吃到饭菜，我得好好感谢老师。”

牛大山拉住马双全：“你可别去，一呢打扰老师午休，二呢她也不会说是她给你加的。我那次亲眼看见了，她还叮咛我不要和别的同学说呢！”

“那、那怎么办好呀？”马双全有些焦急起来，“我爸爸给我讲过‘涌泉相报’的故事，最起码得感谢人家才是啊！”

快到教室门口了，牛大山和马双全说：“我觉得你有感谢人家的办法，这就是好好学习，考出好成绩，老师一定会喜欢的。还有，要给老师保密，啊！”

马双全点头。

到了自己的桌上，马双全打开饭盒，见是比头一天还好的饭菜，眼圈有些红了。他用手碰碰牛大山的后背，小声说：“老师给加的饭菜真好，给你拨一些吧。”说着站了起来往牛大山的桌前挪动。

“我自己带的足够我吃的了。”牛大山一只手捂着自己的饭盒，一只手摸摸马双全刚才碰过自己的后背。

马双全见了，脸微微地红了起来，半年前那次不愉快的情形浮现在自己的脑海里。

那是一次期中测试，一道数学题难住了马双全。他想牛大山一定会的，因为牛大山是数学科代表，平时的数学成绩是全校第一！而自己刚刚从农村学校进入这个集镇学校，课程给落下不少。这新学校的第一次考试若是考砸了，岂不是太丢人了，更叫人瞧不起自己这个农民工的孩子了！所以，自己神差鬼使地写了个条子，然后悄悄地碰碰牛大山的后背。牛大山真的回过手来，接去了自己的条子，也很快递了回来。自己很高兴地悄悄展开条子，可是“猫叼猪吹泡——先喜后忧”，牛大山写在条子上的是“我现在也没有做出来”，根本不是解题过程和答案！这点儿忙都不帮，真是瞧不起自己呀！嗐，也许他真的不会吧。自己就那样想着、这样想着。可老师公布成绩时，牛大山是满分！原来，他不是不会，是不告诉自己！因而对牛大山的感情上像是打了个“结”。若不是牛大山那天放学和自己唠开了这个“结”，自己就永远不跟他说话了呢！其实，牛大山做得是对的，他后来多次帮助自己，自己的数学成绩终于撵了上来。

牛大山吃得很快，吃完了问马双全：“我想知道你这些天怎么不多带点饭菜呢？”

“嗯，”马双全忙咽下一口饭，回答说，“爸爸的工地这个月的工资拖欠了……”

“哦，”牛大山点头，“我明白了。”

回到家里，牛大山贴着爸爸的耳朵：“爸爸，儿子给您带回来一项任务……”

“哈哈，儿子的官比我大了！”爸爸笑了起来，“这是爸爸分内的事情，爸爸照办了。”

“谢谢爸爸！”牛大山笑着像上级领导接见那样握着爸爸的大手说。

次日一大早儿，妈妈给牛大山装饭盒。

刚刚吃完饭的牛大山走到妈妈的身边，贴着她的耳朵说着什么。

“什么？你要换饭盒？换大的饭盒？”妈妈很是惊讶地问牛大山。

牛大山的小脸有点儿红，瞟了爸爸一眼，才嗫嚅着回答妈妈：“您不是总说我没有别的同学壮实吗？书上说多吃多喝就能壮实，所以我再加大饭量……”

爸爸已从儿子的眼神里看出了什么，但还是不动声色地走了过去，拍拍儿子的肩膀，说：“儿子说得有道理，多吃多喝才能壮实，换大的饭盒，多装些菜，装好菜……”

妈妈笑了：“只要儿子能吃，真的像大山就好！妈妈这就给你换大饭盒。”

说完，妈妈从橱柜里拿出了一个大号饭盒，然后装得满满腾腾的。

牛大山笑了，背起书包，拎着大饭盒，蹦蹦跳跳地上学去了。

学校午饭的时候，牛大山高高兴兴地拉着马双全的手，跑到熘饭的地方取来了饭盒。

“等等，大山！”就在牛大山和马双全快走到教室门口的时候，牛大山的爸爸远远地叫住了他们。

“这就是被拖欠工资的农民工的孩子吧？”牛大山的爸爸赶过来笑着说，“告诉我，你爸爸在哪个工地……”

然后不经意地掂了掂马双全的饭盒：“孩子，你能吃饱吧？”

见马双全点头，又掂了掂牛大山的饭盒，同样笑着说：“这同学如果不够吃，你就再……”

没等爸爸说完，牛大山马上接过话茬儿，对马双全说：“这是我爸爸，在农业局上班……”

晚上，牛大山回到家，见爸爸正在和谁讲电话：“这事情一定抓紧……对，尽快兑现……”

牛大山知道是爸爸在催讨工资，便高兴地跑到爸爸跟前：“爸爸，中午我没有做错吧？”

“怎么回事呀？儿子。”妈妈听了问儿子。

“儿子，你没有做错啊！”爸爸搂过儿子，很是高兴地回答，“从小就应当有爱心啊，做了好事不留名！爸爸为你骄傲。”

妈妈知道了儿子为什么换大饭盒，也高兴地说：“儿子做得对！”

几天后，马双全把自己的饭盒摆在牛大山面前：“谢谢你，也谢谢你的爸爸妈妈！我知道我的饭盒长大是你给拨进了菜和饭的。昨天，爸爸高兴地说拖欠的工资都发了，妈妈特意做了饭菜，换成大饭盒，一定要你尝尝。”

“哦，你的饭盒真的长大了！”牛大山说着，打开自己的大饭盒，“好，我们一起吃吧！”

马双全笑道：“我真喜欢吃你妈妈做的饭菜。”牛大山也笑道：“你妈妈做的饭菜也很好吃啊！”“那我还叫妈妈做给你吃。”“我也是！”他们都笑了，笑得甜甜的。

小十字路口

小十字路口是建楼动迁后出现的，一开始没有名字，后来因为它离安全小学校不远，有人便叫她小安全路口了。人们觉得这名字挺温馨的，便都跟着叫了起来。

杜晓锁上下学必经小十字路口，准确地说是必经安全路口。开始时，这里真挺安全的，但后来急转直下，交通事故时有发生，妈妈告诉他经过那里一定多多地加小心。

这天早上，杜晓锁骑着自行车快到安全路口的时候，忽然听见路口“吱嘎——”一声，十分刺耳的一声，忙仔细看去，是一台小客货车，急刹车后很快又加大油门疾驶过去了。

“汪、汪……”小客货车急刹车的地方一条小黑狗四仰八叉地躺着叫着，声音很凄惨。

一定是小客货车撞的。杜晓锁想着，很是生气，小狗也不应当撞啊！而且撞了就跑！

于是，杜晓锁大声喊道：“站住，站住——”

小客货车像是没有听见，继续飞快地疾驰。

杜晓锁把自行车停靠在路边，跑到小黑狗跟前，抱起小黑狗，见小黑狗的一条前腿受了伤，伤口正往外滴着血。

小黑狗抬起头，眼泪汪汪地瞅着杜晓锁，不再叫了。

杜晓锁掏出衣袋里的小手帕，把小黑狗的伤口包扎起来。再拿出自行车车筐里的书包背在肩上，然后把小黑狗放了进去。急忙向学校前面的一个体诊所骑了过去。

“小学生，下来！”杜晓锁刚刚骑过到诊所去的那个交通岗，一个年轻的警察以特有的威慑的语气叫住了杜晓锁。

杜晓锁显得很焦急：“警察叔叔，我没有闯红灯啊！快让我走吧！”

“你是没有闯红灯，”警察走近杜晓锁，“可你闯了黄灯！”

杜晓锁明白，闯黄灯原来争论了一阵子，后来不了了之，没有定论闯黄灯违法。于是，再一次请求说：“警察叔叔，我知道闯黄灯是不违法的，不违法就不能处罚呀……”

警察看见杜晓锁窗筐里的小黑狗，很不高兴地说：“你一个小学生，为什么不好好学习呀？竟然养狗玩！我不和你说闯黄灯的事情了，说说你该不该养狗玩吧！”

杜晓锁瞅着小黑狗说：“警察叔叔，狗……”

“停停！”警察叫道，“你这小学生怎么说话？狗是警察？警察是狗吗？”

没等杜晓锁答话，一骑自行车的人跳下车，对杜晓锁说：“杜晓锁，快给警察叔叔道歉！我知道这狗不是你养的，是刚才在安全路口被车撞的……”

杜晓锁见是自己的班主任余力老师，忙敬礼说：“余老师好！”然后转过身来：“警察叔叔，对不起！我不是看着狗说‘警察叔叔’的，我心里真的没有想说‘警察叔叔是狗’的。”

警察像是一惊，忙面对余老师立正敬礼：“余老师好！”

然后说：“余老师，听了您的话，我明白了，这小学生是爱护动物，也算见义勇为呢！”

“那我们走了啊。”余老师在前，杜晓锁在后，“晓锁，这警察是我教过的学生。”

杜晓锁见小黑狗只是皮外伤，医生说几天就好了，高兴起来。可是一想到安全路口又忧心忡忡起来，若是安全路口也有了红绿灯是不是就会安全了哪？

杜晓锁把自己的想法和余老师说了，余老师瞅着他，一字一板：“好、主、意！”

听说交警接待站周六周日不休息，杜晓锁拿着自己写的建议跑去了。

“关于设立安全路口红绿灯的建议！”接待站的一年轻警察打开杜晓锁送上来的信封，念道，翻到最后一页，“安全小学五年级一班杜晓锁。”

警察忙抬头看杜晓锁：“是你？我们还算校友哪！你等等，我马上送给队长。”

“哈，又遇见校友了！”杜晓锁心里想，“看来安全路口的红绿灯……”

“校友，”警察很快跑回来了，“对不起了！队长说今年的计划没有安全路口。我也和队长说了，安全路口人车流量一天比一天多，很需要安装红绿灯的，不然就变成不安全路口了！但是队长就是摇头……”

杜晓锁没有死心，说：“警察叔叔，麻烦您了！这事情我是和余老师说了，经过余老师同意写来的。先放您这儿，您再和队长叔叔说说。”

警察像很敬重余老师：“小校友，你回去告诉余老师，我会再好好和队长说的，一旦有了信息，我第一时间告诉余老师。”

余老师知道了，笑着说：“你那‘警察叔叔’还不错，只是他刚刚调回那里，说了不算。”

杜晓锁对这些事情不甚了解，也不想去了解，便天天去姥爷那里带着小黑狗喜欢吃的东西，帮助姥爷喂养小黑狗。像医生说的那样，小黑狗几天后就恢复好了。

第四天一大早儿，天刚蒙蒙亮，杜晓锁就骑着自行车到了安全路口，因为这天他值日，得早去。

路口这面有一团黑影，杜晓锁刚到那里，黑影动了起来。

“小黑狗！”杜晓锁一眼就认出来了，“你怎么跑到这里来了？”

小黑狗摇摇小尾巴，就向前跑去。一边跑，一边左顾右盼。忽然“汪汪”两声，停在杜晓锁的自行车前。

杜晓锁忙一拉车闸，下了车。

还没明白是怎么回事，一台大货车风驰电掣一闪而过。

“哦啊——”杜晓锁立时明白了。他俯下身去，抱起小黑狗，“谢谢你，小黑狗！过几天找到你家时就送你回家啊！”

小黑狗没有点头，只是眼泪汪汪地像几天前被车撞伤被杜晓锁救起时的眼神看着他。

“那你先回姥爷家吧！”

小黑狗给杜晓锁放下来，便摇了摇尾巴，朝着杜晓锁姥爷家的方向跑去了。

第五天早上，小黑狗又出现在安全路口那里。还跟着杜晓锁跑到学校大门口。

“小黑狗，你回到姥爷家去吧！”小黑狗听了杜晓锁的话，一步一回头地走了。

以后数天，小黑狗都是这样。

这天，小黑狗一直瞅着余老师的办公室。杜晓锁说了“回姥爷家”的话，它也没有走。

杜晓锁忽地明白了：“小黑狗，你是想看看余老师吗？”

小黑狗点头。

杜晓锁放好自行车，抱起小黑狗，小黑狗又是眼泪汪汪的眼神。

“报告！余老师，小黑狗一定要看看您。”杜晓锁到了余老师的门口。

余老师站起身来，迎出门来：“哦，小黑狗好了？！”

小黑狗眼泪汪汪地瞅着余老师，低声“汪”了一下，点点头，又点点头。

“余老师，”杜晓锁像是解说，“小黑狗在感谢您。他在校门口瞅您办公室好几天了。”

“哦。可爱的小精灵！”余老师很感动地说，“我们都要善待动物啊！”

小黑狗像是听懂了余老师的话，又是眼泪汪汪。

那以后，杜晓锁不再提起送小黑狗回家，因为一提这儿，小黑狗便眼泪汪汪。杜晓锁知道小黑狗的家一定是“那样”的。

小黑狗依然天天在安全路口那里护送杜晓锁，不管刮风下雨。

忽一日，杜晓锁放学路过安全路口，惊喜起来：小十字路口安装了红绿灯。

“是自己的建议的效果吗？”杜晓锁和余老师一说，余老师迟疑一下，然后点头。

杜晓锁笑了：“警察叔叔真好！”

那以后，小黑狗依旧天天出现在安全路口，即小十字路口上，不管刮风下雨……

◀ 保密拥抱

天刚蒙蒙亮，高大壮便给妈妈唤醒了。

高大壮睡眼惺忪，伸了个懒腰，眯着眼睛瞅了瞅墙上的电子钟，又把眼睛闭上了。

“起来吧！”妈妈说道，“大壮，昨晚下了大雪，路不好走了。你得早点儿走啊！”

“下雪了？”高大壮一惊，像弹簧似的一下子从炕上蹦起来，一边穿着衣服，一边嘟囔着，“也不到下雪的时候呀！妈妈，真的很大的雪呀？”

正在拉开窗帘的妈妈答道：“你自己看看吧！”

高大壮往窗外一看，呵——漫天皆白！不禁自言自语起来：“现在下这么大的雪，反常！”

“哈哈，”妈妈一边往厨房走，一边说，“现在反常的事儿会常有的呢……”

高大壮心想，妈妈挺怪的，哪来那么多的反常呀？除了天老爷反常，人会反常吗？

“快点儿吃饭，”妈妈把热热的粥饭盛满了一大碗，又端上一碗热热的豆浆，说，“今儿个天冷丁冷，人受不了，你多喝点热的。肚子里暖和了，就抗冻了。”

高大壮笑了：“天反常，人也得反常——多喝热粥热豆浆，嘿嘿……”

“笑什么？”妈妈盯了高大壮一眼，“你还得把你爹的军大衣穿上！”

高大壮知道，爹的军大衣是60年代在北大荒支边的时候发的，可以抵御北大荒零下40度的严寒，家乡这面不管多么寒冷，一穿上它便温暖如春了。所以，这些年来它一直是家里御寒的宝贝，不到严寒的时候，妈妈是不把它拿出来的。

“大壮，再揣袋热豆浆。”做豆腐的大壮爹把刚刚装好的一袋热豆浆塞给大壮，又递过一支吸管，说，“热豆浆是好东西，揣在怀里热乎，喝到肚里也热乎。要知道……”

“爹，我知道，您说多少遍了，”大壮笑着说，“爹教导我们说，黄种人喝牛奶有90%以上不吸收，而喝豆浆是100%吸收的。”

妈妈在一旁瞅着壮壮实实的儿子，笑道：“你长得这样，不要忘了你爹做的豆浆呀！”

“这话我爱听！”大壮爹也笑了，“我儿子和下屯的狗子同岁，可比狗子大一截壮一圈。”

大壮揣好热豆浆，贴着爹的耳朵说：“您以后别叫李小明的小名了，人家都是初中生了！”

爹笑了笑：“快走吧，路上多加小心！”

高大壮一出门，便觉得寒气逼人。心想这天真反常，一下子就这么冷！路上没有脚印，他踩着半尺多深的积雪，“吱呀——吱呀——”地吃力地走着，身后留下一行深深的脚窝。他边走边想，若不是妈妈叫醒自己，像往常那会儿走，这五六里的山路肯定得迟到。正想着，忽然见前面有了一行脚窝。“哦，一定是王芳！”他的同学加邻居王大叔的女儿。一想起她，他心里就疙疙瘩瘩的。倒不是她“得罪”了他，他也没有“得罪”她，就是两家大人之间那年为了田间半垄地而“掰了脸”，王芳爹说是“上收半儿”，大壮爹说是“下收半儿”，里外里差半垄地。那时农民都把地当作命根子，一般是谁也不让谁的。结果弄到乡里，乡里村里干部来重新丈量才解决了。虽然是王大叔记混了，但他觉得很没面子，便不再和大壮家往来，还叫王芳不要和大壮说话。

高大壮就这样一边在雪地里深一脚浅一脚地走着，一边想着人有的时候也真是反常的，你们大人的不愉快，为什么要蔓延到孩子间呢？王大叔说王芳是个孝顺的闺女，会听他的话，那王芳真就不和自己说话。连李小明都看出来了，还问过大壮王芳为啥不和他说话！

“嗐！”高大壮长长叹了一口气，爬过了山梁，踩着那行脚窝走着。他觉得有这脚窝自己走着省力多了，也真得感谢王芳呢！她也一定因为今天雪道不好走才提前走的，她是班里的学委，品学兼优，从来没有见过她迟到。

忽然，脚窝在快到山下的小道旁中断了！高大壮一惊，忙向最后一个脚窝看去，“呀！人掉进沟里了！”他忙跑过去，一看真的是王芳。她蜷缩在雪坑里，脸色苍白，浑身打颤。

“王芳！”高大壮几年来头一回喊王芳，“快把手伸上来。”说着，把自己的手伸下去。

王芳吃力地抬起头来，一见是高大壮，又把头低下了。

“都什么时候了！王芳，快把手伸上来。”高大壮说，“看你都快冻僵了！快呀，快！”

也许是怕冻僵了吧，王芳终于吃力地把右手伸上来了，高大壮的大手紧紧拉住王芳的手，双脚牢牢地蹬着一根树桩，使出浑身的力气，把王芳拉了出来。

高大壮一看，王芳没有比平时多穿衣服。心想女孩子都爱美，这回真是美丽冻人了。见王芳仍然是瑟瑟发抖，便把军大衣从身上脱了下来，往王芳身上就裹。

“不、不用……”王芳手一推，差点儿栽倒。

“王芳，现在不是逞强的时候！”高大壮一边把军大衣裹在王芳的身上，一边说，“你暖和了，再脱下来嘛。”

说着，高大壮把爹带给他的热豆浆掏了出来，把吸管插进去，递给王芳：“你快喝了，胃里热乎了，身上就暖和了。”

王芳一定是早上没有怎么吃东西，摸着还热乎乎的豆浆，眼睛里有些湿润了，瞅了瞅高大壮，没有再推辞，含着吸管喝起豆浆来。

高大壮很高兴，像是喝在自己的肚子里，笑呵呵地说：“俺爹说了，喝豆浆 100% 吸收……”

王芳见高大壮边说边用力搓着双手，忽地觉得高大壮也冷了，便要脱下军大衣。

高大壮见王芳脸色仍然苍白，身上仍然打着冷战，忽然想起雪地里体温救人的方法，觉得虽然反常，但这是反常时候啊！便红着脸和王芳说："我们一起穿好吗？"

王芳想了想，没有说什么，便把军大衣松开了。高大壮钻进军大衣，两个人紧紧地挨在了一起。王芳很快感到大壮的体温，好像本能似的地抱紧了大壮。大壮把军大衣裹得紧紧的。

这一招儿真管用。时间不长，王芳的脸色就缓了过来，身上也不打冷战了。

"好了！我们走吧。"高大壮从军大衣里钻出来，"你穿着，我跑跑步就不会冷了。"

王芳红着脸说："大壮，谢谢你！不过，你得给我保密……"

"保什么密呀？"高大壮装作不懂，问王芳。

王芳瞅瞅四下没人，小声说："刚才……拥抱。"

"哦，刚才是拥抱？"高大壮连忙点头，"保密！我若是不保密，天打……"

"我不要你说！"王芳用手去捂高大壮的嘴。

"芳芳，给你衣服——"后面忽然传来王芳爹的喊声。

王芳爹赶上来，见女儿和高大壮在一起，便不高兴地嚷道："芳芳，忘了爹的话了？"

"爹，"王芳拉住爹的手，"我没有忘。可是，刚才我掉进那面的沟里，怎么也爬不出来，都快冻僵了。若不是大壮，您就看不见我了呀！"

“哦，是大壮救了你？！”王芳爹看了看高大壮，又看了看王芳，“这军大衣是大壮爹的，那年我还在野猪谷里穿过呢。”他都想起来了，便说，“大壮，大叔对不住你了……”

说着，王芳爹把带来的新的“野地棉”大衣披在高大壮身上：“大壮，你快穿上。”

“谢谢，王大叔！”高大壮穿上了，走在前面，给王芳踩出了一个个深深的脚窝。

放学回家时候，李小明从后面赶上来，叫道：“老师说雪大路滑，男同学要照顾女同学。王芳，我来照顾你啊！”王芳瞅瞅身后的高大壮，笑着摇了摇头。

李小明觉得反常，王芳和高大壮是鸡犬之声相闻老死不相往来呀！他跟着后面一边走一边想。不知走了多久，忽然见王芳脚下一滑，身子向路旁的沟里栽去。他一惊，只见高大壮像离弦之箭冲了上去，一下子拉住了王芳。王芳没有站稳，差点儿倒进高大壮的怀里。

李小明跟上来说：“哈哈，我看见学委和大壮拥抱了！”

王芳一把扭住李小明的一只耳朵：“这事儿保密！你若是说出去，我就——”

李小明知道王芳的厉害，班里男生都说她像上甘岭里的王芳敢打敢拼，不能惹她。于是，捂着耳朵，连连点头说：“保密拥抱，保密拥抱，保密拥抱……”

追寻葡萄叶

自从成功嫁接了园子里的两株五彩葡萄，余阿姨就异常敏感起来了，心里总是有葡萄遭遇不测的阴影，于是便异常细心地守护起来。今儿个天刚朦朦胧胧，她又和往常一样，起身先拨开窗帘，向葡萄望去。

“有情况！”余阿姨差点儿叫出声来，忙披上外衣，趿拉着拖鞋，就向外面奔去。她还没有到园边，那影影绰绰的一个不太高的人影早已闪出了园子。

“葡萄还在。”余阿姨定下心来，接着小声叫了起来，“少了9片葡萄叶儿！”

余阿姨是这小城里有名的“老园艺”，园林高工退休后依然潜心钻研园林技艺，这五彩葡萄就是她反反复复实验了数十次的“成果”。葡萄叶儿丢失，她敏感地想到，是不是有人去“转基因”出比自己的“成果”更“成果”？得追寻到底！

“雀飞还留个影儿哪！”余阿姨边想，边仔仔细细地瞅着地上，终于隐隐约约地发现了一行不太大的脚印儿，和刚才看见的身影吻合。她心里一亮，可到了街上，便看不出奔哪儿去了。她嘀咕一句：“当侦探也不容易啊！不容易也得当。”

想起这几天生病的女儿，余阿姨忙颠儿颠儿返回家里，给女儿做早饭，因为女儿说今天回学校给孩子们上课。

女儿吃饭的时候，余阿姨忙跑到街上，察言观色，专瞄着上学去的孩子们。一连过去几个小学生，都没有发现自己想看到的情况。“得有耐心，坚持察言观色！”她自己鼓励自己，细心地观察着，又过去了几个同学，走得不紧不慢的，都挺正常的。“还得坚持！”他正这样想着，一个小男同学背着大书包，拎着一个包得严严实实的布袋，急匆匆地走着。

“目标出现！”余阿姨心里一喜，“自己的葡萄叶儿极有可能在他的布袋里！”正好那小男生和她擦肩而过的时候，急匆匆地看了她一眼，又极快地急匆匆地转过身去，急匆匆地更快地走了过去。

“小同学！”余阿姨有些严厉地叫了一声。那小同学头也没回地走了。余阿姨心中窃喜：“走了和尚走不了庙！你不是我女儿学校的学生吗？一会见！”

余阿姨回到家里，女儿已经走了。因为发现了“目标”而有些高兴的她给女儿发去一短信：欧阳老师，请留心一拎着小布袋的男生！

余阿姨这样的称呼，是习惯地提醒女儿特别重视她提出的问题！女儿自然不会等闲视之。

半路上，欧阳老师听到了手机的提示音响，忙看了下，不禁猜疑起来：怪不早上妈妈急匆匆地出门去，妈妈发现了什么重要的问题？小布袋？小布袋是恐怖分子用来装爆炸物品的？我的学生怎么会呢？但是，妈妈的“口吻”说明，一定非同小可！不能不“留心”啊！可她留心了一路，没有看见一个拎着小布袋的男生。直到学校办公室，也没有发现“目标”。“那就继续搜索吧！妈妈的‘任务’即使完成不了，也得有个交代的。”

“报告——”一男生的声音从门外传了进来。

“正好叫同学们帮助寻找。”欧阳老师想着，忙应声，“进来！”

男生进来了，规规矩矩地站直了身子，行了个少先队队礼，怯生生地说道：“欧阳老师好！”

欧阳老师一怔：“贵勤、朱贵勤同学！小布袋？”

“老师！”朱贵勤同学走到欧阳老师的办公桌前，打开了小布袋，掏出一个保温饭盒，打开包裹在饭盒上的毛巾，双手托着，“老师，俺妈妈给您做的葡萄叶儿蒸饺！”

接过朱贵勤同学递过来的依然热热乎乎的葡萄叶儿蒸饺，欧阳老师的眼睛湿润了，眼前浮现起一次带领同学们郊游的情景：那是去年春天的一个上午，她带的郊游的同学们在那座小山里走着、看着，高高兴兴地说着、唱着，然后在一棵上面有喜鹊窝的大白杨树下，做着平日里喜欢的“老鹰捉小鸡”的游戏，她当“老鹰”，班长打头，朱贵勤守尾。因为朱贵勤个儿比较高，又身手灵活。几个捕捉与防捕捉回合过去，“老鹰”都没有捉住小鸡。同学们嘻嘻哈哈笑个不停，她倒有些气喘吁吁了，两颊也发红了。朱贵勤看得仔细，便在又一轮捕捉与防捕捉中“马失前蹄”地摔倒了，“老鹰”一下子捉到一串“小鸡”。班长笑嘻嘻地停了下来，说：“报告老师，请求休息！”同学们刚刚围住她坐下来，忽然“噗”的一声，一只刚刚长出羽毛的小喜鹊掉在她面前。“哇——

小喜鹊也来看我们游戏啦！”朱贵勤说着，起身走到她跟前，“老师，请让我送小喜鹊回家吧！”她抬头看看大白杨树，问道：“贵勤同学，你会爬树？”“我姥姥家在乡下，去那里的时候和那里的小朋友学过的，一般的树都能够爬上去的。老师，放心！”正在这时，大白杨树上的大喜鹊“喳喳”地叫了起来。“喜鹊妈妈着急了，老师让我送小喜鹊回家吧！”“小心，千万别跌着！”她说着，站了起来，把小喜鹊递给朱贵勤，再一次叮咛“小心”。朱贵勤点点头，把小喜鹊装进上衣的口袋里，走到大白杨树下，往上仔细瞅了瞅，然后手脚并用，“蹭蹭蹭”地猴子般地爬了上去。树上的大喜鹊见自己的宝宝被送到了窝里，“喳喳”叫着，扇动了几下翅膀，像是“感谢”朱贵勤似的。当他下到地上，她和同学们一起为他鼓掌。午餐的时候，她见朱贵勤带的饭菜不多，就走到他身边，把自己保温饭盒里的葡萄叶儿蒸饺拿出两个，递给他，说：“朱贵勤同学，帮帮忙！”他见老师的饭盒里只剩下两个了，便说：“老师，我吃饱了。您的，自己吃吧！”她笑着说：“老师在减肥，知道了吧！减肥得管住嘴的。今天俺妈说俺有点儿感冒了，就做了这葡萄叶儿蒸饺，还多装了几个，说吃了好得快。可再好的美味也不可多用啊！是不是啊，朱同学？”不等朱贵勤回答，她又说：“听老师的话儿，就吃这两个。”

“老师谢谢你了！”欧阳老师把朱贵勤递过来的饭盒又递过去，“你的心意老师领了！老师已经带饭了，而且感冒已经好得差不多了。”

朱贵勤没有接过饭盒，又给欧阳老师打了个立正：“老师若是不收下，俺妈妈会生气的，会批评俺的。”说着，抬手擦了擦眼角，拎着空布袋，一转身跑出了老师的办公室。

“哈！小同学，给我站住吧！”朱贵勤还没有跑到教室门口，被刚刚过来的余阿姨撞个正着，她盯着朱贵勤手里的小布袋，“这回，可是人赃俱获啊！”

朱贵勤只好站住了：“阿姨，阿姨……”

“知道我为什么找你吗？”余阿姨打断了朱贵勤的话儿，“看你是个好学生的样儿啊！可是，可是……这样吧，你和阿姨说实话，那9片葡萄叶儿是不是你偷的，嗯，俺就说你摘的吧。阿姨一定会像警察叔叔办案那样‘坦白从宽，抗拒从严’的……”

朱贵勤没说话，脸儿红了起来，朝着余阿姨点点头。

“嗯，还算诚实。”余阿姨心里有些成就感，头回当警察破案还挺顺手的呢！但想起葡萄叶儿的去向，立即又警觉和严肃起来，“现在，你得告诉我那9片葡萄叶儿的去向！”

见朱贵勤没有回答，余阿姨心里翻腾起来：是不是自己最担心的事情发生了？是不是这小同学被人收买来弄走葡萄叶儿的？自己反反复复研究才成功的五彩葡萄的成果是不是要给别人取而代之甚至超越了？是不是……

余阿姨越想越觉得事情的严重，越想越觉得有些气愤，越想越觉得不弄个水落石出是不可以的！可他是孩子，得哄，不能吓到他。于是，就缓和了口气：“小同学，阿姨知道，这事情不能怪你，我想会有人教你……”

“阿姨，”朱贵勤听到这里，说话了，“阿姨，是我自己做的，不是别人教的。”

“嗯，阿姨信的。那你告诉阿姨那 9 片葡萄叶儿去哪儿了？”余阿姨觉得朱贵勤真是个诚实的孩子，便说道，“小同学，阿姨和你说，这两棵葡萄不是一般的葡萄，若是一般的葡萄的话，你连根挖去，我都不会找的。这是阿姨退休后好不容易搞出来的一个‘成果’，特别是现在还不是推广的时候。所以，阿姨一定要追寻这 9 片葡萄叶儿到底弄到哪儿了！”

“在这儿了！”就在余阿姨穷追不舍、朱贵勤又没有回答的当儿，欧阳老师手拿着饭盒走了过来，对余阿姨说，“妈妈，您的重要事情就是这个吗？”

说着，欧阳老师打开了饭盒，递给了余阿姨。

“9 个葡萄叶儿蒸饺！”余阿姨惊呆了，“欧阳老师，怎么回事儿？”

欧阳老师很认真地把郊游的事情告诉了妈妈，余阿姨笑了：“说感冒吃葡萄叶儿蒸饺好得快，那是俺哄你多吃饭的呀！”

说完，拉着朱贵勤的手：“小同学，原来是这样的呀！你这孩子真诚实啊！”

“阿姨，我不该没有告诉您就摘来您的葡萄叶儿，对不起了！”朱贵勤给余阿姨鞠了一躬。

余阿姨笑道：“阿姨还要谢谢你替我给葡萄疏叶儿呢！”

朱贵勤有些不明白：“真的，阿姨？”

欧阳老师笑着替余阿姨回答：“夏天，是要剪去多余的葡萄枝叶的……”